Jakob Wassermann

Lukardis

Der Autor

Geboren am 10.03.1873 in Fürth, gestorben am 01.01.1934 in Altaussee/Steiermark.

Wassermanns Vater war ein jüdischer Spielwarenfabrikant. Nach der Schulzeit ging er bei seinem Onkel in Wien in die Lehre, die er jedoch bald abbrach. Nach dem Militärdienst arbeitete er als Versicherungsangestellter in Nürnberg. Ab 1894 arbeitet er in München und wird dem Verleger Albert Langen als Autor empfohlen. Während seiner dreijährigen Tätigkeit als Lektor beim "Simplicissimus" lernt er Thomas Mann, Rainer Maria Rilke und Hugo von Hofmannsthal kennen. Später war er Theaterkorrespondent in Wien.

Jakob Wassermann

Lukardis

Erzählungen

edition mabila

Text der Originalausgabe

edition mabila
Reihe „Europäische Klassiker"
© 2012. Alle Rechte vorbehalten.
ISBN 978-1-4716-4969-1

Jost

Der Gebieter des Himmels ließ sein Donnerwort ergehen, und wie glänzend gefiederte Schwäne im Sturm eilten die gehorsamen Heerscharen vor seinen unvergänglichen Thron. Da erlas der Herr den Erzengel Michael und sprach zu ihm:

»Ich bin irre am Geschlecht der Menschen. Nie hat solcher Kummer die Erde gefüllt; Klage und Anklage erhebt sich maßlos. Schwer ist es, zu wissen, ob sie allesamt Verlorene sind, schwer zu erkennen, ob in allen der Funke erloschen ist, der ihnen als Teil der Göttlichkeit in die Brust gehaucht ward. Ich will eine Probe machen. Geh hinab zu ihnen, du scharfäugiger Spürer, und suche unter den Verstockten den Verstocktesten, unter den Umschlossenen den Umschlossensten. Nicht um den Übeltäter geht es, merke wohl; um den Gleichgültigen geht es. Den Unscheinbaren, der in der Trägheit verhärtet ist, sollst du suchen in seinem umfriedeten Bezirk; den, dessen Linke nicht weiß, was die Rechte tut. Und wenn du zurückkehrst und sprechen kannst: Ich habe ihn erweicht, ich habe ihm die Binde von den Augen gerissen, und er vermag zu sehen, dann soll ihnen noch einmal Gnade gewährt sein und Aufschub des letzten Gerichts.«

Der Engel senkte stumm das Haupt, und während ihn gewaltige Posaunenschälle umdröhnten, verließ er in seiner großen Schönheit die erhabene Region, um den Befehl des Herrn zu vollziehen.

In einer Wirtsstube saßen beim trüben Licht mehrere Beamte der Stadt, Notabilitäten in ihrer Art, um einen Tisch. Bis auf einen armselig aussehenden Menschen, der in der Nähe des Ofens kauerte und zu schlafen schien, waren sie die einzigen Gäste. Da sie ihn kannten, auch seiner nicht achteten, brauchten sie sich im Gespräch keinen

Zwang aufzuerlegen. Er hieß Jost und war ein Kleinbürger, dem Anschein nach ein Agent oder Vermittler, der an gewissen Abenden kam, um dem Wirt Lieferungsgeschäfte anzutragen.

Die Unterhaltung drehte sich um die Trostlosigkeiten des Alltags. Verärgerung lag jedem im Gemüt, Lebensangst den meisten. Still verhielt sich nur einer, nicht weil er weiser oder zufriedener, sondern weil er bequemer war. Auch dann nahm er nur stummen Anteil, als der trübseligen Gegenwart die glänzende Vergangenheit entgegengehalten wurde, in deren schwachem Widerschein sie sich ihrer Sorgen entledigten. Die Welt, war sie auch zum Erbarmen zugerichtet, einstmals hatte sie ihnen eine festliche Zeit gegeben, und unter diesem Einstmals verstanden sie den Krieg, zumindest seinen Anfang. Da war auch dem Abseitigen unerwartet Macht zugefallen, sofern er nur mit dem allgemeinen Strom geschwommen war, und wie erst, wenn er sich mit seiner Person für das Ziel erklärt hatte. Macht, Bewegung, Wechsel der Geschehnisse; es klang schon jetzt nicht anders, als wie es schönfärbende Fibeln den Späteren melden. Auch die sich tätigen Dabeiseins nicht rühmen konnten, ergingen sich breit im Nachgenuß martialischer Erinnerungen. Was Blut und Not und Tod; erlogene Gespenster. Die triumphierende Wahrheit war dort, wo man Ehre gewonnen, wo man sich eingesetzt und gespürt hatte.

Postoffizial Erbegast, als beredtester Schwärmer, sprach davon, wie man Raum gehabt, im Westen, Osten, Süden, überall Raum, Weite, Luft, Landschaft, Freiheit. Raum und Gelegenheit. Quartier in Schlössern, Fahrten ins Unbekannte, neue Städte, neue Menschen, neue Dinge, zwischen Morgen und Abend keine Langeweile. Wenn man da erzählen wollte! Wie es wohltat, sich der Fülle zu erinnern. Er wandte sich lebhaft und herausfordernd an den Schweigsamen, Rechnungsrat Siebold, und ermunterte ihn zur Zustimmung. Mit bloßem Kopfnicken wollte er sich nicht abspeisen lassen. Der Schweigsame ist nicht beliebt, wenn Geister erglühen. Siebold sollte laut bestätigen, da er es doch aus Erfahrung zu tun imstande war, daß man Unvergleichliches gesehen und erlebt habe. Oder sei an ihm die Herrlichkeit spurlos vorübergegangen?

Ungern sah sich Siebold in die Mitte der Aufmerksamkeit versetzt. Er liebte es nicht, sich mit Gewesenem zu beschäftigen. Ihm lag der gestrige Tag schon fern. Unter den fragenden Blicken der Tischgenossen stiegen wohl Bilder aus entlegenen Gehirnschächten empor, aber es gestaltete sich keines. In den Jahren, er zählte die Jahre nicht, waren sie ihm abhanden gekommen, kaum daß er sie noch als eigenen Besitz erkannte. Blasse Farben, schattenhafte Figuren, verhallte Worte. Was berührte einen daran? Man -war ein anderer. Jahre! Was ist nicht ein einziges an Gedehntheit! Zudem war er nur vier Monate draußen gewesen; kleiner Fähnrich, freudlos wie Tausende. Man hatte ihn darnach in ein Proviantlager geschickt, und als er dort erkrankt, war er auf seinen Platz im Amt zurückgekehrt, wie wenn die Zwischenzeit ein unergiebiger Ferienausflug gewesen wäre.

Es dünkte ihn aber, daß ihn Offizial Erbegast sticheln wollte. Auch die übrigen betrachteten ihn mit ironischen Blicken, als trauten sie ihm besondere Erlebnisse nicht zu und hegten nicht einmal die Erwartung, daß er sich zu solchen bekenne. Das verdroß ihn. Sein bedrohtes Selbstbewußtsein richtete sich wehrhaft auf. Er begriff die Notwendigkeit, den spöttischen Zweiflern Achtung abzuringen, und forschte in seinem Gedächtnis. Nicht vergeblich; die verkniffene Miene erhellte sich; ein Vorfall fiel ihm ein, bei dem er handelnd mitgewirkt. Da er sich der Einzelheiten nur ungenau entsann, dauerte es geraume Weile, ehe seine Erzählung in verständlichen Fluß kam. Doch die Zuhörer zeigten Geduld, und so hatte er Muße, der schwerfälligen Erinnerung den Verlauf abzuzwingen.

9

Die Geschichte war in keiner Weise ungewöhnlich. In einem galizischen Dorf waren sieben Menschen unter dem Verdacht der Spionage eingebracht worden. Die Beschuldigung lautete, sie hätten dem Feind durch das Dachfenster des Gemeindehauses, in welchem sie zusammengepfercht gefunden worden waren, Lichtsignale gegeben. Siebold hatte das Protokoll aufgenommen. Nur einem unter ihnen, einem riesenhaft gewachsenen Burschen, hatte das Verbrechen nachgewiesen werden können; bei den ändern sprachen gewichtige Umstände dafür, daß sie die Opfer böswilliger Angeberei waren. Trotzdem hatte der Hauptmann alle sieben nach einem summarischen Verhör kurzerhand zum Tod verurteilt: drei Juden, ein siebzehnjähriges polnisches Mädchen, einen zwölfjährigen Knaben, einen sechsundsiebzigjährigen Greis und den Rädelsführer der Bande, eben jenen Riesen.

Ein Tropfen im Meer der Ereignisse; ein paar vernichtete Leben mehr neben den Millionen. Die Welt hatte wohl kaum eine Kunde davon erhalten. Auch jetzt, wo es die Merkmale der Verjährung und der erfahrenen Häufigkeit trug, konnte solches Standgericht kein tieferes Interesse erregen als eines, das aus Höflichkeit dem Erzähler gebührt. Mochte auch der eine oder der andere die Willkür empfinden, die dabei gewaltet, und dem in halben Andeutungen Worte verleihen, so wurden die schüchternen Einschiebsel leicht mit dem Hinweis auf die Notwendigkeit abgetan. Für zarte Gemüter war die Zeit nicht geschaffen; die Moral bürgerlichen Lebens, das humane Gesetz hatte da keine Gültigkeit mehr, wo man sich täglich seiner Haut wehren mußte. Wer auf seinem Posten stand und der Vorschrift genügte, war entlastet. »Die Gegner haben es genauso gehalten«, wurde gesagt; »weil wir in der Patsche sitzen, spuckt man uns ins Gesicht, und sogar im Lande selbst entblödet man sich nicht, Leuten, die ihre Pflicht erfüllt haben und als Helden gefeiert würden, wenn das Glück bei uns geblieben wäre, soviel wie möglich am Zeug zu flicken.«

Jawohl, bemerkte hierzu der Offizial bissig, die Menschen seien eben Schweine, und von ihrer schweinischen Natur könne man nichts Besseres erwarten.

Nach diesem Intermezzo nahm Siebold den Fäden wieder auf. Da er nun zu sprechen begonnen hatte, wollte er seine Sache auch bis zum Ende führen. Das Wort hatte ihm Hilfe geleistet und Bild um Bild aufgefrischt; er wunderte sich selbst über die wiederbauende Fähigkeit der Erinnerung und gefiel sich in seiner Rolle des Mitrichters über Schicksale. Er verweilte. Er ging in der Schilderung zum Kleinen und Intimen; mit behaglicher Ausführlichkeit beschrieb er die traurige Gegend, das verwahrloste Dorf, die Armut der Menschen, sogar das regnerische Wetter, das geherrscht hatte. Dann erzählte er von der jungen Polin; wie trotzig sie alle angeschaut mit ihren schwarzen Augen; er hatte den Namen gewußt; er hatte ihn vergessen. Er besann sich und fand ihn. Katinka war der Name gewesen. Als wohne dem Namen Leuchtkraft inne, wurde gegenwärtig, wie sie stolz und wild die Antworten verweigert, auch als man ihr den Revolver vor die Stirn gehalten; auch als man ihr versprochen, den Knaben, ihren Bruder, zu schonen. Immer wieder betonte er die teuflische Halsstarrigkeit des Mädchens, schließlich mit Einschaltung eines lasziven Witzes, der, wie billig, belacht wurde. »Glauben Sie, meine Herren, sie hätte die Zähne voneinandergetan? Um keinen Preis. Eher noch die Beine, scheint mir.«

Als der Spruch gefällt war, hatten sich alle, mit Ausnahme der Katinka und des Riesen, auf die Knie geworfen. Die Juden vor dem Hauptmann, das Bürschchen vor ihm. Das Bürschchen hatte seine Beine umschlungen und jämmerlich geschluchzt, bis es die Schwester angeschrien und weggerissen. Der alte Mann hatte ihm fortwährend die Hände geküßt und unverständliche Worte gelallt. In die größte Verzweiflung waren aber die drei Juden geraten. Mit gellenden Anrufungen Gottes hatten sie ihre Unschuld beteuert, sich die Haare gerauft und an den Kaftanen gezerrt. Einer, mit fuchsrotem Bart und käseweißem Gesicht, hatte sich äußerst demütig betragen; als aber der Hauptmann, dem das Unwesen zu lärmend wurde, den Befehl erteilte, die Gesellschaft abzuführen, war es gerade dieser, der die Arme gegen ihn streckte und eine alttestamentarisch-greuliche Verfluchung ausstieß.

Eine gespenstische Idylle, gerahmt in Selbstzufriedenheit, beschloß die Darstellung: nächtlicher Regensturm; Siebold auf Runde; an den Ästen von sieben Pappeln neben der Chaussee sieben Leichen, schwankend im Wind, unheimliche Kleiderbündel, unheimliche Gerippe, schief, schlapp, verbogen wie die Vogelscheuchen, und in der schwarzen Ebene ein klagendverklingender Ruf.

Da dem Offizial die Düsterkeit des Gemäldes nichts anzuhaben vermochte, weniger aus Herzenshärte, als weil seine Einbildungskraft, wie übrigens bei alle diesen, das Entscheidende nicht zu fassen vermochte, schreckte er vor der zynischen Erkundigung nicht zurück, ob denn die wilde Katinka ihre vermeldeten Beine nicht hätte nützlich gebrauchen wollen oder können. Im selben Augenblick erhob sich der schlafende Kleinbürger oder Agent Jost mit störendem Geräusch. Er trat an den Tisch der Herren, schüttelte sich raschelnd, feixte verlegen, und während er irgendwelche Laute vor sich hin murmelte, betrachtete er einen um den andern; zuletzt blieben seine Augen, zwei kleine, glitzerige Messingscheibchen wie bei Katzen, auf Siebolds Gesicht haften, mit einem so neugierigen und boshaften Ausdruck, daß es dieser als Belästigung empfand und ihn stirnrunzelnd musterte. Ein Unbehagen blieb.

Doch war seine Haltung aufrecht und seine Stimmung geläutert, als er durch die abendlich finstern Gassen seinem Heim zuwanderte. Ein zurückgedrängtes Stück seiner inneren Person war an dem Abend zu neuem Wertbewußtsein erwacht. Er folgerte daraus, daß dem geistig und sozial entwickelten Menschen Gedankenmitteilung und Gespräch mit Gleichgearteten zu einer Vermehrung des Kräftevorrats verhelfe. Man müsse sich zu erkennen geben, war die Lehre, die er daraus zog; man dürfe sein Licht nicht unter den Scheffel stellen. Zufällig hatte er eine abgebrochene Brücke wieder geschlagen, vernachlässigtes Lebensgut in Sicherheit gebracht; und siehe, er befand sich wohl dabei. Die Färbung der Existenz war intensiver, der Schritt gewichtiger, der Blick bedeutender. Er blieb stehen, sog Luft in die Lunge, nahm eine Zigarre aus dem Behältnis und zündete sie an.

Das Ziel des Weges stand nicht im Einklang mit seiner Gehobenheit. Sechzehn Quadratmeter Raum und vier Betten: das eheliche Schlafgemach. Im Vorgefühl umfing ihn schon die trübe Enge. Die beiden Kinder, die sich von Zeit zu Zeit auf dem Lager wälzten und im Traum redeten. Kleider und Wäsche auf den Stühlen; Schuhe auf dem Boden; die Vorhänge über den Fenstern morsch; oval gerahmte Familienphotographien an den Wänden, deren Tünche zu bröckeln begann; die Decke vom Schlafdunst vieler Nächte geräuchert. Als sicher war anzunehmen, daß die Frau erwachen würde; mit den steif geflochtenen Zöpfen würde sie sich aufrichten, blaß, vergrämt, verdrossen; würde fragen, wo er gewesen, warum er so spät kam; würde ihn mit ihren häuslichen Miseren quälen; etwa daß sie beim Händler kein Gemüse, beim Kaufmann keinen Zucker bekommen; daß weder Kohle noch Holz, weder Brot noch Mehl im Hause sei; daß das ältere Töchterchen über Halsschmerzen geklagt und wahrscheinlich Fieber habe. Es wollte ihn bedünken, als gehe dies alles wider die Würde. Man war Beamter mit Machtbefugnissen. Es war ein Zwiespalt zwischen seiner Stellung im öffentlichen und im privaten Leben; unversöhnlicher Konflikt. Der Rechnungsrat in der Steuerverwaltung genoß Ehren; er wollte es nicht verkennen noch mißachten. Menschen zitterten vor ihm. Menschenwohl und -wehe war in seine Hand gegeben. Der

Gatte, der Vater war zur Geringfügigkeit verdammt, niedergezwungen auf die Straße der Vielen.

Er schob es fort. Es gelüstete ihn nach Aufmunterungen. Neulich hatte er auf demselben Weg ein Mädchen getroffen und war mit ihr gegangen. Ungeachtet ihres niedrigen Gewerbes, das zu verabscheuen er als Mann von makellosem Ruf und geachteter Position verpflichtet war, hatte sie ihm gefallen. Es gibt Heimlichkeiten in der Lebensführung, durch die man nur etwas aufs Spiel setzt, wenn sie aufhören, Heimlichkeiten zu sein, also wenn man unvorsichtig ist, wenn man Spuren hinterläßt, wenn man die Grenze nicht respektiert. Sabine Jäger war ihr Name. Ihre Haare waren gelb wie frisches Holz, eine anziehende Besonderheit; sie hatte Temperament und war verhältnismäßig noch unverdorben. Als sie davon gesprochen hatte, ihn wiederzutreffen, hatte er sich nicht ablehnend verhalten. In selbstbetrügerischer Zerstreutheit lenkte er den Schritt nach der Richtung, wo sie wohnte.

Da drang ein Gruß an sein Ohr. Betroffen drehte er sich um und erkannte den Agenten Jost, der ihm gefolgt war.

Er trug ein gelbes Mäntelchen, das kaum bis zu den Hüften reichte. In die schlottrigen Ärmel hatte er die Hände wie in einen Muff gesteckt. So trippelte er vorüber. Aber plötzlich zögerte er, wartete, bis Siebold herankam, und sagte mit einer dünnen, hohen, quietschenden Stimme, es freue ihn, den Herrn Rechnungsrat noch getroffen zu haben; er habe nicht gewußt, daß der Herr Rechnungsrat in dieser Gegend zu Hause sei.

Zwischen Herablassung und Mißlaune brummte Siebold ein paar leere Worte, und jener machte Anstalten, weiterzugehen. Wieder trippelte er, wieder hielt er in- ne. »Weit ist's«, seufzte er, zog die Hände aus dem Ärmelmuff und griff nach dem lächerlich flachen Melonenhut mit ausgefransten Rändern, den ein Windstoß zu entführen drohte;

»man läuft sich die Füße wund, Tag für Tag. Ist mir nicht an der Wiege gesungen worden, daß es mir so ergehen soll. Darf ich mich Ihnen anschließen, Herr Rechnungsrat? Nur bis zur Ecke da droben, da ist meine Gasse; hinter der Atlantik- Bar. Schönes Lokal, die Atlantik-Bar, wie? Schöne Leute; immerfort Musik. Wer doch auch einmal lustig sein könnte; ei ja!«

Siebold wußte nicht recht, wie er sich zu benehmen habe. Von dem hergelaufenen, verlotterten Menschen angesprochen zu werden, verletzte sein Standesgefühl. Er kannte ihn kaum. Andererseits waren die Zeiten derart, daß man sich hochmütiger Regungen versehen mußte. Er verbarg seinen Ärger, als Jost mit unterwürfiger Zutraulichkeit an seiner Seite weiterging, und hatte eine steif zurückhaltende Miene.

Mit der pfeifenden Stimme und vom schnellen Gehen atemlos, fuhr Jost fort: »Da kenn ich einen, der ist dort angestellt als Wagenrufer. Ein alter Mann. Vor zwei Jahren hatte er noch ein Speditionsgeschäft und eine Villa. Vor zwei Jahren hat er noch in seinem Garten Rosen gezüchtet. Und jetzt ruft er die Wagen, vielleicht für solche, die früher Kratzfüße vor ihm gemacht haben.« Ein asthmatischer Husten unterbrach ihn. »Angst und bang wird einem, Herr Rechnungsrat«, quietschte er dann, »angst und bang. Das Schicksal ist wie ein Wolf. Tückisch schleicht es her und fällt einen an. Hab drei Kinder zu versorgen; acht Jahre das älteste. Ein Mädchen; ein gutes Kind; eine Seele wie Gold. Eveline heißt sie. Poetischer Name, wie? Nun, das ist der einzige Luxus, den sich die Armen leisten können. Ruft man sie, ruft man Eveline, so wird einem gleich ganz wohl. Sie verkauft Schuhbänder auf den Straßen, Schuhbänder aus Papierstoff; billig und schlecht. Vorige Woche komm ich gegen Abend heim, hängt mir das Fünfjährige am Stiegengeländer, außen am Geländer, unter sich den Abgrund, hängt und zappelt und schreit. Noch zehn Sekunden, Herr, und die Muskelchen haben keine Kraft mehr. Was sagen Sie dazu? Freilich, die armen Würmer sind sich selber überlassen. Die Mutter ist tot. Hin und wieder beaufsichtigt sie das Töchterchen vom Tapezierer nebenan. Aber darauf ist nicht mehr lang zu rechnen. Mit seinen vierzehn Jahren ist das Menschlein bereits schwanger. Der Vater ein Saufbold, der Bruder im Zuchthaus, nicht das Stück Brot zum Fressen, kaum ein Hemd auf dem Leibe, und trotzdem juckt sie das Fleisch. Und wenn man über die Stiegen geht, stolpert man über knochenkranke Kinder, und an den Türen steht ausgemergeltes Volk, und oben ist Elend, und unten ist Elend, und in der Mitte ist Elend. Hab ich da nicht recht, kann einem nicht angst und bang werden?«

Siebold räusperte sich. »Es lebt sich schwer heutzutage«, gab er widerwillig zur Antwort. Die Geschwätzigkeit des einfältigen Menschen, die unliebsame Begleitung vor allem erregten seine Ungeduld, und er suchte nach einem Vorwand, sich loszumachen.

»Das ganze Leben ist ein finsterer Keller«, fing das Männchen mit seiner weinerlichen Stimme wieder an; »wenn ich mir so die Leute betrachte, mit denen ich zu tun habe, da wird mir, ich weiß nicht wie. Reden, reden, reden. Geschäfte; und was für Geschäfte! Wenn zwei beisammen stehn und wispern, so heißt das gewöhnlich, daß einem dritten die Gurgel zugedrückt wird. Ich komme zu ihnen in ihre Häuser; ob fein, ob nicht fein, ganz gleich, es liegt wie Unrat und Spülicht überall. Auf Tischen und Stühlen, in Schränken und Betten, überall Unrat und Spülicht. Ich glaube, irgendein Stern da droben, ein von Gott verfluchter, hat in irgendeiner Nacht all seinen Unrat und Spülicht auf uns heruntergeschüttet. Dem ist nicht beizukommen, nicht mit Wasser, nicht mit Feuer; Unrat und Spülicht, das klebt in alle Ewigkeit. Nun, wird's bald, sag ich, was redet ihr denn? Was sinnt ihr? Was macht ihr für Grimassen? Was grinst und lacht ihr und laßt euch von einem Alten, der

Rosen gezüchtet hat, eure Karossen rufen, wo doch das ganze Leben ein finsterer Keller ist? Heda, was werft ihr denn euern Jammer auf einen Haufen, daß man hineinstürzt und drin erstickt? Und ist der Zorn verraucht, so möcht ich mich am liebsten hinschmeißen und heulen, vom Morgen bis zum Abend, nichts als heulen. Zu denken: So ein Kind, eine vierzehnjährige Schwangere. Zu denken! Herrgott! Das halt ich nicht aus. Das raubt mir den Schlaf in der Nacht; ich liege und liege, und auf einmal seh ich dann den Weg nach Golgatha. Den großen, fürchterlichen, schmerzensreichen Weg nach Golgatha.«

Siebold blieb stehen. Er schleuderte den Zigarrenstummel fort und fragte streng: »Zu welchem Zweck erzählen Sie mir eigentlich das alles? Das ist doch der reine Blödsinn, mein Bester.«

Die schroffe Zurechtweisung beschämte den Kleinen sichtlich. »Es ist wahr, Herr Rechnungsrat, es ist lauter Blödsinn«, erwiderte er schüchtern. »Ich bin eben ein blödsinniger Mensch. Das sagen viele. Ich habe selbst am meisten drunter zu leiden. Es geht bei mir bis zu fixen Ideen. Zum Beispiel, Sie werden es kaum für möglich halten, zum Beispiel hab ich heut abend die Wörter gezählt, die in Ihrer Geschichte vorgekommen sind. Sollte man so was glauben? Achthundertneunundachtzig Wörter, alles in allem, genau gezählt. Hab mich schlafend gestellt und dabei gezählt. Ich höre, versteh auch den Sinn, zugleich arbeitet das Hirn wie eine Additionsmaschine, klapp, klapp. Kann mir nicht helfen, muß zählen. Achthundertneunundachtzig Wörter, ein ganzer Zeitungsartikel. War aber auch sehr spannend, Herr Rechnungsrat; wirklich, mein Kompliment, eine spannende Geschichte. Aber in der Nacht, wenn ich liege und in die Finsternis stiere, dann marschieren die sämtlichen Wörter an meine Bettstatt, stellen sich der Reihe nach auf wie die Zinnsoldaten, und da begreif ich erst die Meinung, da wird mir alles erst klar, und da seh ich dann den Weg nach Golgatha, wie gesagt. Ein schlimmer Zustand. Es ist kein Spaß, wenn man jede Nacht und jede Nacht auf den Weg nach Golgatha geschleppt wird. Ich muß einmal zum Doktor. Ich muß mich einmal untersuchen lassen.«

Siebold überlief es kalt. Die Reden und das Gebaren des lumpenhaften Menschen beunruhigten ihn allgemach. Daß er es mit einem Verrückten zu tun hatte, stand fest. Entschlossen, sich von der unangenehmen Gesellschaft zu befreien, murmelte er bei der nächsten Straßenabzweigung einen mürrischen Gruß und entfernte sich rasch.

Glückliche Organisation befähigte ihn, leicht zu vergessen. Ist ein Mann aus Neigung wie aus Eignung Beamter, so bilden die täglichen Obliegenheiten seine Schutzwache. Berufsgewalt erhöht ihn.

Menschen mußten warten, bis er geruhte, sie zu empfangen und anzuhören. Auch wenn es ihm beliebte, nichts weiter zu sein als launenhaft, lustlos, ungewillt ihre Gesichter zu sehen, sie mußten trotzdem warten. Das machte die Bedeutung des in gewiesenem Bereich absolut regierenden Beamten aus: daß sie warten mußten.

Sie froren im Korridor, und in seinem Büro barst der Ofen vor Hitze. Akten häuften sich mit Inhalt von unbestrittener Tragweite. Sie verrieten dem kundigen Auge wirtschaftliche Schwäche, törichte Bemühung, gesetzesfeindliche Ausflucht, verbrecherische Verschleierung. Sie eröffneten den Blick in die Schlupfwinkel der Existenzen; sie boten die Handhabe, Säumige zu zitieren, daß sie kommen mußten und dastehen wie ertappte Diebe. Aufsässigkeit war vergeblich. Der Akt machte sie zuschanden. Einspruch prallte ab. Der Akt redete. Der Akt beugte sie.

Es drang aber aus dem Vergessenen herauf bisweilen eine quietschende Stimme. Es zeigte sich auch, selbstverständlich nur in der Einbildung, das gelbe Mäntelchen mit den in muffartigen Ärmeln geborgenen Händen. Er schüttelte zu solchen Erscheinungen, die zwei-, dreimal während des Tages auftauchten, den Kopf, denn er war es nicht gewohnt, Dinge zu sehen, die nicht gegenwärtig waren, und eine Stimme zu vernehmen, ohne daß ein Sprechender zu erblicken war. Es war eine Unzuträglichkeit, doch nicht groß zu achten. Immerhin mied er das Stammlokal. Einer neuen Begegnung mit dem aufdringlichen Schwätzer auszuweichen dünkte ihm ratsam. Es gab andere Zufluchtsstätten. Vor allem war er in diesen Tagen in intimere Beziehung zu Sabine Jäger getreten, und die Abende waren von dem Zusammensein mit ihr beansprucht.

Da geschah es, daß er einen Brief mit der Post erhielt; auf dem eingeschlossenen Blatt stand nichts weiter als der Satz: Der Weg nach Golgatha ist lang. Er starrte eine Weile darauf nieder, schien sich zu besinnen, dann zerriß er den Wisch und warf ihn ins Feuer. Verwegene Anrempelung; so ein Bursche müßte festgenommen und bestraft werden.

Zwei Tage später reichte ihm seine Frau eine offene Karte, die der Postbote soeben gebracht hatte, und fragte erstaunt, was es damit für eine Bewandtnis habe. Er las: Die Zinnsoldaten ziehen jede Nacht zur Parade auf.

Er versuchte zu lachen. Die Frau beharrte auf ihrer Frage, da sie ein Geheimnis vermutete, eine chiffrierte Mitteilung. Zornröte stieg in sein Gesicht. Er antwortete, er kenne den Schreiber; es sei ein Wahnsinniger, aber von der harmlosen Art, der sich einen albernen Scherz mit ihm erlaube; er werde dem Narren das Handwerk legen.

Am selben Nachmittag gewahrte er auf dem Heimweg vom Amt Jost in seinem gelben Mäntelchen vor einer Branntweinbudike. Er zog sogleich den Melonenhut und grüßte devot. Siebold schaute geradeaus, ohne den Gruß zu erwidern. Doch bemerkte er, daß ihm Jost folgte. Unwillkürlich beschleunigte er seinen Schritt. Das Zwergentrippeln näherte sich trotzdem. Erregung packte ihn, deren er sich schämte. Jäh blieb er stehen.

»Schlechtes Wetter, Herr Rechnungsrat«, sagte Jost kleinlaut; »wenn es schon im November so ist, wie soll man da durch den Winter kommen? Hab bereits alles, was beweglich ist, ins Pfandhaus getragen.«

»Ich empfehle Ihnen, sich zu trollen, sonst lass' ich Sie auf der Stelle verhaften«, knirschte Siebold erbittert; »verschonen Sie mich, in des Teufels Namen, mit Ihren unverschämten Vertraulichkeiten.«

Aber als er darauf den Kleinen anschaute, erblaßte er. Jost hatte die Augen auf ihn gerichtet, die zwei Messingplättchen hinter zuckenden Lidern, und in diesen Augen war etwas, was er noch an keinem Menschen wahrgenommen: eine unfaßbare, geradezu unsinnige Qual verbunden mit einer ebenso unfaßbaren, ebenso unsinnigen Bosheit. Vielleicht kam es ihm nur wie Bosheit vor; jedenfalls fuhr ihm ein befremdlicher Schrecken in die Glieder. Schwerfällig ging er weiter, verwundert, in hemmendem Nebel, in heimlicher, hemmender Sorge, die wie eine nachschleifende Kette klirrte. Es wurde so, daß er von dem Tage an keinen Gang durch die Straßen tun konnte, ohne daß er den Gelbmantel nicht mindestens einmal erblickte. Zwar redete ihn Jost nicht mehr an; aber daß er in der großen Stadt, unter Tausenden von Menschen jederzeit darauf gefaßt sein mußte, gerade diesem zu begegnen, immer wieder diesem, brachte ihn nach und nach aus dem Gleichgewicht.

In schäbigem Aufzug, schlotterig trippelnd, die Hände in den Mantelärmeln, mumienhaft eingeschrumpft, in bekümmerter Eile oder auch in gleich bekümmerter Gedankenversponnenheit tauchte er unerwartet an einer Ecke auf; unter den Bäumen einer Allee; in der Mitte einer Straße. Bald stand er vor einer Ladenauslage und betrachtete mit blöden Mienen die Waren, den Melonenhut in die Augen gedrückt;

bald kauerte er auf dem Prellstein vor einem Torweg. Manchmal marschierte er auf dem gegenüberliegenden Gehsteig in der nämlichen Richtung, überschritt die Straße und verschwand plötzlich; manchmal schoß er unmittelbar auf Siebold zu und wich erst in der letzten Sekunde zur Seite. Stets hatte er den Kopf gesenkt und die Augen niedergeschlagen: bescheiden, verängstigt gehetzt und eingehüllt in jene unfaßbare und unsinnige Qual und Bosheit.

Eines Morgens, als Siebold seine Wohnung verließ, die in einem Hintertrakt gelegen war, und durch den mit einem Gärtchen verzierten Hof schritt, gewahrte er ihn am Flurfenster im zweiten Stock des vorderen Hauses. Er hatte beide Ellbogen auf das Sims gestützt, das Fenster war offen, den Kopf hielt er zwischen den Händen, der Melonenhut saß diesmal ganz im Nacken, so daß das sorgfältig gescheitelte und ölig verklebte Grauhaar sichtbar wurde, und in dieser Haltung starrte er regungslos in die Luft. In Siebold kochte berserkerhafter Ingrimm auf; er rief den Hauspfleger; unartikuliert redend, deutete er mit dem Schirm in die Höhe, brachte endlich die Frage hervor, was das Individuum da oben zu suchen habe, und während der Hausmeister hinaufging, wartete er wutbebend an der Stiege. Alsbald schlich Jost an ihm vorbei, vom schimpfenden Hauswart verfolgt, gedrückt, still und hastig. Siebold eilte ihm nach, wurde eines Polizisten ansichtig, trat auf ihn zu, nannte seinen Namen und Titel, wies, abermals mit dem Schirm, auf den sich entfernenden Gelbmantel, sagte zu dem Schutzmann, er möge ein Auge auf den Strolch haben, es sei vermutlich ein Einschleicher, er selbst beobachte ihn schon lange und habe Grund, ihn für ein gemeingefährliches Subjekt zu halten. Der Schutzmann, über seine schäumende Gereiztheit erstaunt, versprach, den Verdächtigen zu stellen, falls er sich wieder in der Gegend zeige.

Siebold glaubte, sich Ruhe verschafft zu haben. Zwar blieb eine ahnungsvolle Verwirrung in seinem Innern bestehen, eine gewisse Zerstreutheit und Erregbarkeit, deren er nicht Herr zu werden vermochte, aber da sich der Mensch in den nächsten Tagen nicht blicken ließ, atmete er auf. Als er jedoch am dritten oder vierten Tag in sein Amtszimmer kam und sich an das Schreibpult setzte, lag da ein großer Bogen Papier; an jeder Ecke war mit Rotstift ein Kreuz gezeichnet; in der Mitte befanden sich drei Kreuze, und unter diesen stand, ebenfalls mit Rotstift geschrieben:

Die blutigen Weiser stehen auf dem Plan,

Und was sie weisen, das ist Gram und Scham,

Und der sie aufgericht und hingestellt,

Auf den weist jetzt die ganze Geisterwelt.

Er wußte zuerst nicht, was das sein solle. Verse; was hieß denn das? Er dachte an einen Schabernack der Kollegen, runzelte die Stirn, schaute hinter sich, blätterte in einem Faszikel, nahm den Bogen wieder zur Hand, studierte die Schriftzüge, verfärbte sich, spürte etwas wie Lähmung in den Händen, eine Glutwelle im Kopf; sprang auf, fuhr den Schreiber an, wer das Zeug auf seinen Tisch praktiziert habe, geriet außer sich, als der versicherte, von nichts zu wissen, rief mit heiserer Stimme den Amtsdiener, deutete auf den beschriebenen und bemalten Bogen, drohte, eine Disziplinaruntersuchung anhängig zu machen, und als einige Beamte aus den benachbarten Räumen, über den Auftritt bestürzt, herbeigerannt waren, wollte er ihnen erklären, was ihm widerfahren, daß Unfug gegen ihn verübt werde, aber er kam ins Stottern, und auf einmal schwieg er, wischte sich den Schweiß von der Stirn, begab sich auf seinen Platz zurück und versank in sonderbares Brüten. Die Herren zuckten die Achseln und warfen einander bedenkliche Blicke zu.

Den Parteien erwuchs Übles von seiner verdüsterten Gemütsverfassung. Die geringen Leute harrten stundenlang vergebens auf den Aufruf. Auch an den folgenden Tagen. Zeitbedrängte standen sich die Zehen in den Stiefeln wund. Schuldbewußte verzagten. Die zur Amtshandlung Vorgelassenen wurden in messerscharfe Inquisition genommen. Mutmaßliche Fehlangaben stießen auf ätzenden Hohn. Strafausfertigungen wimmelten. Den Korridor füllte Murren. Der Gewaltige selbst aber saß und befahl. Saß und verschanzte sich gegen die Stimme, die eine Stimme. Machte sich blind gegen das Gesicht, das eine Gesicht. Bemühte sich, den Worten eines läppischen Verses zu entrinnen. Wußte, was die Stimme verlangte, während er das schwindsüchtige Weib anschrie, das die Quote nicht zahlen konnte und zur Pfändung verurteilt war. Erboste sich um so mehr. Unnachgiebigkeit war zu erweisen, Unerbittlichkeit. Kam er nach Hause, so fühlte er sich erschöpft.

Am Sonntag um die Dämmerungsstunde hatte er sich im Wohnzimmer aufs Sofa gelegt und war eingeschlafen. Die Frau saß am Fenster und nähte, die zwei Kinder hatten sich in die Ecke gedrückt und blätterten in einem halbzerfetzten Bilderbuch. Die Stille wurde von einem gräßlichen Schrei unterbrochen. Siebold fuhr empor; in seinem Gesicht war weißer Schrecken; es war wie zerfetzt von Schrecken. Die Frau stürzte hin, packte ihn; »Mann, Mann«, rief sie; die hagere Gestalt, abgehärmt Teil für Teil, war der Wucht der Befürchtung kaum gewachsen; die Kinder standen zitternd hinter ihr, den Vater mit verzehrend großen Blicken betrachtend.

Der war entwirklicht. Er hatte nicht selber geschrien. Einer in ihm hatte geschrien. Überlegte er es genauer, so war es nicht einer gewesen, sondern mehr als zehn. Sie waren schreiend an ihm vorübergestürmt, in einem violett-feurigen Ring. Sie hatten sich zu dem Schrei in ihm vereinigt, daß er aufwachen solle. Er begriff sonst nichts, äußerte auch dieses nicht. Es erschien ihm erniedrigend, er hatte es noch nie erlebt, es widerstritt dem Rang und der Regel. Unfreundlich wies er die Frau ab, nachdem er sich gefaßt, wusch das Gesicht in kaltem Wasser, zog den guten Rock an, ging fort.

Er war mit Sabine Jäger verabredet, suchte aber erst das Stammwirtshaus auf, um zu Abend zu essen. Gerade dorthin wollte er, wo er möglicherweise den Gelbmantel treffen konnte. Dorthin, jawohl, um sich nicht der Feigheit bezichtigen zu müssen. Vielleicht wurde eine Entscheidung dadurch herbeigeführt. Vielleicht machte er den Halunken dingfest. Vielleicht holte er sich Rat bei den Freunden und berichtete ihnen, was für Streiche ihm der Kerl spielte. Er nahm sich einen bestimmten scheltenden und entrüsteten Ton vor, in welchem er die Anmaßung und Übergeschnapptheit des Menschen darlegen wollte, aber als es so weit war, als er in der wohlwollenden Runde saß, brachte er keine Silbe aus der Kehle, ja, wenn er bloß daran dachte, fing sein Herz an zu klopfen. Er fand den Eingang nicht, er fand das Wesen nicht, er fand den Modus nicht, alles war verwischt, dumm, kindisch, unfaßbar. Es wurde ihm gesagt, daß er schlecht aussehe, schlaffe Wangen und trübe Augen habe; er gab zu, sich krank zu fühlen; es war ein Anlaß, sich bald zu verabschieden. Der Offizial stülpte hinter ihm die Stirn in Falten und meinte, mit dem gehe es bergab, der werde es nicht mehr lange treiben.

Mit großer Hast eilte er durch die Straßen. Nebengassen glichen Schlünden, geschlossene Tore und Fenster waren wie für die Ewigkeit verriegelt. Das verhohlene angenehme Grauen, mit dem der unbescholtene Bürger, Staatsbeamte, Ehegatte zu einer Prostituierten geht, täuschte ihn über anderes Grauen, das in innerste Zellen entwichen war. Die Jäger bewohnte in einem uralten Vorstadthaus mit vielen Höfen und Durchgängen, vertretenen Stiegen, steinern kalten Fluren im letzten der Höfe zwei Zimmer im Erdgeschoß. Deckchen, Kissen, bunte Stoffe und eine schummerig umhüllte Lampe überschminkten die Dürftigkeit.

Das Mädchen empfing ihn im grünen Schlafrock und zeigte über sein Kommen Freude. Sie plauderten von Abstand zu Abstand, leer, hölzern, zweckhaft; der Regen plätscherte draußen. Siebold dünkte sich leidlich in Sicherheit; was noch an Unruhe in ihm trieb, versprach die Lust abzutun, er wurde deshalb wortkarg und verlangend. Doch hatten sie sich nicht sobald auf das vorbereitete Lager begeben, als er mit erstarrendem Auge an die Mauer blickte und die erstarrende Hand hinstreckte. Es war ein Karton mit Reißnägeln angeheftet, darauf gemalt zwei schwarze Schmetterlinge links und rechts, in der Mitte eine rote Flamme, und darunter war in lapidaren, fast wie in alten Mönchsschriften kunstvoll ausgeführten Lettern zu lesen:

Die blutigen Weiser stehen auf dem Plan,

Und was sie weisen, das ist Gram und Scham,

Und der sie aufgericht und hingestellt,

Auf den weist jetzt die ganze Geisterwelt;

Und immer neue baut er Tag und Nacht Und hat des Wegs und hat des Ziels nicht acht.

»Wo hast du's her?« fragte er mit bebender Kinnlade und kraftloser Lippe, »wo hast du's her?« Und sie, erschrocken über sein Aussehen, unbefangen wegen der Frage: »Einer hat mir's geschenkt.« Er umklammerte ihren Arm, daß sie schmerzlich stöhnte. »Wer, wer hat's geschenkt? Wer?«

Da erschallte vom Hof herein ein klagendes Rufen, nicht sonderlich laut, aber mit durchdringend hoher Stimme. »O Golgatha!« rief's, und wieder, langgedehnt: »O Golgatha!« Wie er die Stimme kannte! Er sprang auf, tastete nach den Kleidern, fiel entkräftet auf einen Stuhl und murmelte ohne

Atem, die Hosen halb über den Beinen: »Er hat mich dahier ausfindig gemacht; das gibt Unheil; ich muß ihn erwischen; ich muß ihn erwürgen.« In verstörter Eile kleidete er sich vollends an, Sabine war um ihn bemüht, lauschte zugleich, denn das wehe »o Golgatha!« tönte, obzwar ferner und schwächer, noch immer herein. Während er den Kragen befestigte und die Krawatte band, kam es wie geistesabwesend aus seinem Mund: »Weiß nicht, was er will. Immer hinter mir her, früh und spät hinter mir her; weiß nicht, was er von mir will. In meinem Leben hab ich nichts Schlechtes getan. Wie ein Detektiv auf der Lauer und hinter mir her. Das darf nicht geduldet werden. So einen muß man einsperren. Ins Irrenhaus gehört so einer.«

Die Jäger betrachtete ihn scheu und mißtrauisch, war froh, daß er sie verließ, riegelte die Tür auf, als er fertig war, und bekreuzte sich, als er grußlos hinausstürzte.

Der Hof war finster. Das Rufen hatte aufgehört. Er suchte. Es war niemand da. Er stand und ging mit vorgeneigtem Rumpf; die Augen irrten durch die nasse Dunkelheit.

Er suchte den geheimnisvollen Verfolger. Violettfeurige Ringe drehten sich wieder. Er wankte durch die Torwege, pochte an ein Fenster, und eine Alte kam, das Tor zu öffnen. »Haben Sie keinen gesehen?« fragte er. »Ist nicht einer fortgegangen, ein Kleiner mit gelbem Mantel?« - »Nichts gesehen, keinen gesehen«, war die Antwort.

Auf der Straße machte er ein paar Schritte, dann mußte er nach einer Stütze tasten. Er lehnte sich an die Mauer. Brodeln war in der Luft, der Erdboden bog sich und gab nach wie Gummi. Was war denn? Was geschah denn? »Ich habe doch in meinem ganzen Leben nichts verbrochen«, murmelte er grübelnd und verdüstert; »meine Hände sind rein, niemand kann mir etwas vorwerfen, ich habe kein unrechtes Gut erworben, habe keinen Menschen unterdrückt;

war fleißig, pünktlich, solid, nüchtern, anständig; was will der Schuft von mir? Was will er mit seinem Golgatha und seinen blödsinnigen Verschen?«

Da hörte er sich selbst, zu seinem Entsetzen, wie wenn seine Zunge andern Pfad liefe als sein Denken, hörte er sich selbst in einer monoton und schülerhaft deklamierenden Weise sprechen:

»Die blutigen Weiser stehen auf dem Plan,

Und was sie weisen, das ist Gram und Scham,

Und der sie aufgericht und hingestellt,

Auf den weist jetzt die ganze Geisterwelt.«

Der Verstand, wo war der Verstand? Es mußte doch ein Verstand drinnen sein. Und dann das noch:

»Und immer neue baut er Tag und Nacht

Und hat des Wegs und hat des Ziels nicht acht.«

Ja, was denn, wie denn, warum denn? Wegen dem schwindsüchtigen Weib am Ende? Es war seltsam, daß ihm dies einfiel; er wußte nicht, was er daraus machen sollte. Langsam ging er weiter, im Regen, ohne den Schirm aufzuspannen, nicht in sich gekehrt, nicht nach außen gekehrt, doch horchend, unablässig horchend. Auf das Rätsel horchend. Was sich mit ihm ereignete, war Rätsel. Wie er den Verfolger im Hof gesucht hatte, so suchte er jetzt die Lösung des Rätsels oder bloß die Natur davon. Er schleppte etwas und wußte nicht, warum es so schwer war noch warum es ihm aufgebürdet war, noch was für ein Ding es überhaupt war. »Man hat Frau und Kinder, man muß sich zusammennehmen«, sagte er auf einmal laut und fühlte sich ein wenig erleichtert, vielleicht unter dem Einfluß grellen Lichts, das ihn traf. Es war die Bogenlampe vor der Atlantik-Bar. Musik und Gelächter schallten heraus, Automobile und Wagen standen in langer Reihe. Er wagte kaum hinzuschauen, ging etwas rascher, und nach einigen hundert Schritten bemerkte er eine ziemlich große Menschenansammlung. Laut redende und heftig gestikulierende Gruppen hatten einen eleganten Fiaker umringt und offenbar den Lenker vom Bock gerissen, denn die Pferde, denen anzusehen war, daß sie im raschesten Lauf aufgehalten worden, standen allein, und aus den Stimmen hob sich die rohbrüllende des Kutschers am vernehmlichsten hervor. Dem Gespräch zweier Burschen entnahm Siebold, was sich zugetragen hatte.

Es befand sich in diesem Teil der Straße eine kommunale Kartoffelverkaufsstelle, die natürlich während der Nacht geschlossen war, vor der jedoch in Erwartung des Morgens zahlreiche Leute aus dem Volk postiert waren, Weiber, alte Männer, halbwüchsige Kinder. Einige kauerten auf der Erde, hatten eine Decke, eine Kapuze, einen Unterrock zum Schutz gegen Regen und Nachtkälte über den Kopf gezogen und schliefen. Plötzlich war jener Fiaker herangerast, ein offenes Gefährt, und darin lehnte blasiert ein Herrchen, vielleicht neunzehn, vielleicht zwanzig Jahre alt, die Spuren der Ausschweifung in den Zügen, die Finger voller Ringe, Brillantnadel im Schlips, mit Lackschuhen, gebügelter Hose, Spazierstöckchen, Glacéhandschuhen, die ganze Welt in der Tasche, doch sie verachtend. Die bis auf den Fahrdamm hockende und stehende Menge in der Dunkelheit zu spät gewahrend, hatte der Kutscher geschrien; Angstlaute antworteten, Weiber flüchteten überstürzt; aber der Wagen fuhr zu nah am Rinnstein; ein Kind war vom Hinterrad erfaßt worden und lag bewußtlos da.

Für Siebold war es Gelegenheit, dem zu entrinnen, für eine Weile, was ihn peinigte; daß er ihm zulief, ahnte er nicht. Er drängte sich durch die Menschen und gelangte in den freien Raum, der sich um den Kutscher, den Fahrgast und das auf dem Pflaster liegende Opfer des Unglücks gebildet hatte. An der Seite des Kindes, das mit bläulich-fahlem Gesicht hingestreckt lag, ein wenig blutigen Schaum vor den Lippen, die offenen, blonden Haare von Kot besudelt, kniete Jost, und kein Scharfsinn war nötig, um zu erkennen, daß er der Vater des Kindes war. Er redete, doch im wüsten Gezänk verhallten seine Worte. Mit dem Taschentuch wischte er bisweilen das Blut vom Munde des Mädchens, strich mit der Hand über Stirn und Wange der Leblosen, erwiderte nichts auf die Fragen und Ratschläge der Umstehenden, war eingewühlt und hingegeben in den Schmerz.

Jemand sprach vom Transport ins Spital; ein anderer sagte, alle Spitäler seien überfüllt. Ein Weib meldete, die Rettungsgesellschaft habe wissen lassen, daß augenblicklich kein Wagen zur Verfügung stehe, in einer Stunde erst, worauf unwilliges Murren hörbar wurde. Ein Mann trat in den Kreis, der sich als Arzt auswies, beugte sich nieder, legte das Ohr an die Brust des Kindes, sprach mit Jost. In den lärmenden Streit zwischen dem Kutscher und der erregten Menge hatte ein Polizist vermittelnd eingegriffen, es gelang ihm, die Ruhe herzustellen. Das Herrchen, von drohenden, feindseligen Blicken gemustert, stand blaß und lässig da, verbarg die Angst vor der Wut und dem Hohn der Leute unter einer hochmütig-teilnahmslosen Miene, zupfte am Schnurrbärtchen, ahmte in seiner Haltung aristokratische Art nach, was die Hohlheit, die freche Neuheit seiner Umstände erst recht zum Vorschein brachte.

»Gott kann das nicht zulassen«, hörte man nun den Gelbmantel sagen, oder vielmehr Siebold hörte es, da er sich unter unbesiegbarem Zwang dicht herangedrängt hatte; »immerfort rinnt Blut aus der Seele«, sprach er wie ein Betäubter; »Gott kann mir das nicht antun. Man muß die Tropfen von dem Blut zählen, damit sie alle wieder zurückgegeben werden. Ich will sie alle wiederhaben. Die Seele braucht das Blut. Wo ist das Körbchen? Meine Eveline hat ein Körbchen gehabt. Wo ist das Körbchen?«

Neugierig und mitleidig starrten die Männer und Weiber auf ihn nieder. Ihre übernächtigten, von vielfacher Bedrängnis gemeißelten Gesichter gaben Andacht kund; finstere Gedrungenheit der Erfahrung des Übels war in ihnen, die gelernte Geduld, der Rost des Elends. Einer hatte das Körbchen gebracht, ein zerfetztes Strohgeflecht mit beschmutztem blauen Band. Indessen regte sich das Kind, und Jost sagte, er wolle es nach Hause tragen, er wolle auch zu seinen andern Kindern heim, er wolle es auf den Arm nehmen. Da schien es Siebold unter demselben unbesieglichen Zwang, als müsse er Hilfe anbieten; es trieb ihn hierzu unter trotzigen und bösen Vorbehalten. Es war die Hoffnung, sich loskaufen zu können; er wollte sagen können: Mein Lieber, ich bin da, du siehst also, daß du mir unrecht getan hast und mich künftig in Frieden lassen sollst; ein Mißverständnis, du siehst nun selbst, ein Irrtum.

So beugte er sich nieder, um die Hand des Kindes zu befühlen. Sie war überraschend kalt und vermittelte eine Empfindung von der Grenzwelt. Jost schaute in sein Gesicht und hatte einen Ausdruck, als fände er es selbstverständlich, ihn hier zu sehen. Seine Wangen hatten Furchen, die Messerschnitten glichen; die Lider waren wie verklebt, die Hände mit Straßenkot bedeckt, Mantel, Beinkleider, Schuhe, sogar der Melonenhut, in den Nacken geschoben wie damals am Treppenfenster, mit Kot überzogen. Er hob das Kind empor. Man hätte ihm die Kraft nicht zugetraut. Es schlang die Arme um seinen Hals. Siebold, wie mit Stricken angebunden, blieb ihm zur Seite, er, dem die Nähe des Menschen Pest gewesen. Ein Bub eilte nach und ließ Geldscheine flattern. Der Herr, der Fahrgast, hatte sich in letzter Minute zu einer Spende entschlossen. Jost schüttelte den Kopf. Er begleite ihn und werde ihm zu Hause das Geld geben, sagte Siebold, nahm dem Knaben die Scheine ab und steckte sie in die Tasche. »Das Körbchen!« rief Jost bänglich, und ein Weib holte es herbei. Siebold nahm auch das Körbchen. Der Schutzmann hielt sie noch einmal auf und verlangte Josts Adresse.

Nach und nach verloren sich diejenigen, die aus Zeitvertreib oder Vorliebe für traurige Zwischenfälle mitgegangen waren, und Siebold war mit Jost und der Leidenslast, die dieser trug, allein. Es herrschte in seinem Geist welkes Erstaunen über sein Tun. Es war, als trete ein Fremdes aus ihm heraus und er gehe zwiefach; der zweite blieb dahinten. Jeder Schritt erniedrigte ihn um eine neue Stufe. In seiner kränklichen Stummheit redete er zu dem stummen Begleiter: Du siehst, wozu ich bereit bin; du siehst, wie ich mich herablasse. Dann spürte er, daß ihn stärker als alles andere die Begierde nach der Lösung des Rätsels unterjocht hatte; schwarze, giftige, fressende, brennende Ungeduld, den Grund unerhörter Vergewaltigung und Beleidigung zu erfahren, der Kühnheit, mit der in die Schranke der Persönlichkeit eingebrochen, gewährleistete Würde verletzt, Sicherheit und Ruhe zerstört worden war eines Trägers von Verantwortungen, eines Funktionärs mit Befugnissen, die über das Gemeine erhoben und gegen das Ordnungslose feiten. Aber der hartnäckigere Aufruhr war bei dem, der hinten blieb und mit dem die Bindung zerfiel.

Da es heftiger regnete, spannte er den Schirm auf und hielt ihn im Gehen über Jost und das Kind. Dem schwachen Menschen wurde die Bürde zu schwer; sein Schwanken verriet es, der keuchende Atem. Siebold sah sich um, als erwarte er Beistand von wo; daß er selbst ihn leisten konnte und schließlich mußte, dawider bäumte er sich auf, bis eine Bewegung Josts ihn dringend anrief. Er umfaßte das Kind; die feuchten, besudelten Haare streiften sein Gesicht; der Kopf fiel wie gebrochen sogleich über seine Schulter; die Ärmchen hingen steif und mager herunter. Robust wie er war, fand er die Last federleicht. Er reichte Jost Schirm und Körbchen, dann setzten sie den Weg fort. Plötzlich gellte

Jost in die Nacht hinaus: »Das darf Gott nicht zulassen«, mit einem gemarterten, rebellischen Ton.

Er fängt schon wieder mit seinem Geschwätz an, dachte Siebold. Das Kind in seinen Armen regte sich; er fühlte die Glieder, die kleine Brust, die engen Lenden geschmiegt an seinen Leib, und es war ihm zum Schaudern neu. Keines der eigenen war so dicht an ihm gewesen, in Krankheit nicht, in Zärtlichkeit nicht, keines hatte so elfenhaft, so hingeschwunden an ihm geruht. In seiner Kehle war es wund; er war so außer seinem Kreis, daß er wie in Behexung durch ein aufgesperrtes Tor ging, wie taub und blind hinter Jost über Treppen und abermals Treppen, höher, immer höher, an Türen vorbei, höher und immer höher, als sei es ein Turm, und endlich beklommen um sich blickte, als sie in ein dumpfiges Gemach gekommen waren und Jost einen Kerzenstumpf anzündete.

Zwei Kinder lagen schlafend auf einer Matratze. Daneben stand ein Bett ohne Überzug, bloß Decke und Strohsack im Gestell. Die Fenster waren unverhängt. Man sah Schlote gleich kolossalen Fingern aufragen, mit Blitzableitern wie schwarze Strahlen. An den kahlgrauen Wänden hingen gedruckte Bilder aus Zeitschriften, Berge, Schlösser, Feldherren, Fürsten; auf dem Boden lag eine verbogene Kindertrompete, auf dem Tisch ein Ranft altbackenes Brot, eine angebissene Rübe und eine Schachtel mit Lottonummern.

Wie komm ich daher, dachte Siebold, und wie komm ich wieder fort? Jost hatte ihm das Kind abgenommen. Er entkleidete es. Er war behutsam mit Rücksicht auf die Schlafenden. Er flüsterte: »Der Doktor hat versprochen, morgen früh seinen Kollegen von der Bezirkskrankenkasse zu schicken. Wenn's nur wahr ist. Ich soll einstweilen kalte Umschläge machen. Gewiß, gewiß. Soll geschehen. Im Krug ist Wasser. Gewiß, gewiß, soll geschehen, du davongelaufene kleine Seele. Und das Blut abwaschen, den Dreck abwaschen. Soll geschehen, soll alles geschehen.«

Die Worte wurden im Hauch hervorgestoßen, entlockt vom Irrsinn der Sorge. Dabei manipulierte er, warf Kleidchen, Schuhe, Strümpfe, Unterröckchen, Hemd beiseite, holte den Krug, riß einen vom Gebrauch schwarz gewordenen Fetzen vorn Nagel, immer an Siebold vorübertrippelnd, der sogleich die Geldscheine auf den Tisch gelegt hatte und dann nutzlos stehenblieb. Die Kammer mußte auf der einen Seite eine sehr dünne, bloß gegipste Wand haben, denn aus dem danebenbefindlichen Raum war ununterbrochen ein schmerzliches Ächzen zu hören, welchem Siebold furchtsam und erregt lauschte, während Jost den Körper des Kindes mit allerbedächtigster Zartheit in die rauhe Wolldecke hüllte, das angenäßte Tuch über die Stirn breitete und darnach mit gefalteten Händen vor der Bettstatt niederkniete.

Bei dem Anblick des nackten Kinderkörpers war es Siebold durch den Sinn gegangen: ein Fisch; und es war eine eigene, frierende, bettelnde Wollust dabei gewesen. Die Vorstellung des weißen, zuckenden Fischleibes, dessen verglaste Augen im letzten Brechen nach dem heimischen Element lechzen, hatte Ähnlichkeit mit dem Emporlodern eines Lichtes in einer Grube.

Er horchte auf das Ächzen hinter der Wand, das sich aus raschen Zuflüssen der Qual verstärkte.

Jost sprach: »Es ist nur ein weniges. Geringen Platz braucht die kleine Seele in der großen Welt. Wen hast du denn inkommodiert? Wem Luft und Wasser und Speise weggenommen? Wer hat dich bemerkt? Wem fehlt sein Teil, wenn du unter ihnen herumgehst mit deinen zierlichen Füßchen? Sie können dich in die Ecken stoßen, das ist ihnen erlaubt. Sie können sagen: Marsch, aus den Augen, Kreatur! Jawohl, das ist ihnen erlaubt. Aber dein Leben ist ein ebensolches Leben wie das von jedem von ihnen; dein Blut ein ebensolches Blut. Sie geben dir nichts, du nimmst ihnen nichts. Du willst bloß da sein, ganz bescheiden da sein.«

Siebold hatte gehen wollen, aber Art und Rede des Menschen machten ihn unschlüssig. Da war etwas, daß man aufmerken mußte. Auch das schreckliche Ächzen hinter der Wand hielt ihn fest. So setzte er sich auf einen Stuhl neben dem Tisch, ohne Willen. Alles gestaltete sich mehr wie ein geballter Vorgang im Fieber, an dem er mit einem entlegenen und bisher unbekannten Stück seines Wesens Teil hatte.

»Da faßt man hin und nennt's bei Namen«, fuhr Jost fort, »und das, was man nicht nennen und nicht fassen kann, rinnt aus. Das Köstliche rinnt und rinnt. Hunderttausend Jahre vielleicht waren nötig, daß es hat entstehen können. Ur-Ur-Urväter haben Ur-Ur- Urenkeln Tröpfchen um Tröpfchen, Fäserchen um Fäserchen übermacht, haben geschaffen und gebaut, gepflügt und geerntet, gedarbt und gewirkt, einer am andern, von Mutters und von Vaters Seite bis ins hundertste Glied zurück, daß es hat werden können, das Fünkchen in der Brust. Auf einmal kommt was dahergerollt, ein Rad, kommt gerollt und gerollt, weil ein Laffe mit einem Monokel im Gesicht zu seinen Dämchen und Spießgesellen will, und die Brust soll zerdrückt sein, das Herzlein zerschmettert, das Fünkchen ausgelöscht? Ist denn das möglich? Darf das zugelassen werden? Kann man das aushalten?«

Ein Aufkreischen drang durch die Wand, und Jost nickte. »So ist es«, sagte er. »Zwei Fingerbreit Mauer dazwischen. Drüben will eins zum Leben, hüben will eins zum Tod. Und sie fassen's nicht. Keiner faßt's, das eine nicht, das andere nicht. Die Vierzehnjährige gebiert, die Achtjährige will schon wieder heim in den Schoß der mächtigen Mutter. Hören Sie, hören Sie?«

Er wandte Siebold das Gesicht zu. Zum erstenmal redete er ihn an. Beide lauschten. Das tierhafte Röcheln des in Wehen sich windenden Weibes war nicht mehr zu mißkennen, der inbrünstige, gewürgte, rasende Schrei auf einem Folterbrett. Die zwei schlafenden Kinder regten sich; Jost trat zu ihnen und beschwichtigte sie.

Er geriet nun in eine fahrige, kummervolle Geschäftigkeit. Lief hin und her, stieß eine Lade zu, rührte Gegenstände an, aber bei einem neuerlichen Schrei blieb er stehen und sagte: »Hören Sie, Mann? Begreifen Sie, was wir tun? Begreifen Sie, was gelitten wird auf der Erde immerzu? Was die unerbittliche Natur uns leiden macht und dann der Mensch? Was die Dämonen uns leiden machen und die Träume? Was das Fleisch uns leiden macht und der Geist? Während wir im Wirtshaus sitzen, wird gelitten. Während wir Akten vollschreiben, wird gelitten. Während wir unsere Notdurft stillen und unsere Geilheit letzen, wird gelitten. Überall, oben und unten, bei den Herren und bei den Knechten, in der Finsternis und im Licht, überall wird gelitten. Begreifen Sie, was wir treiben allesamt? Was wir wert sind allesamt? Begreifen Sie?«

Er sprach mit geweiteten Augen, in denen es phosphoreszierte, mit hackenden Zähnen und schlaffen, schaufelnden Lippen und bohrte die Fäuste in die Taschen des blut- und kotbesudelten Mäntelchens. »Und wenn es schon geschieht, und das Rad zerquetscht das lebendige Herz, warum kommt dann der Laffe mit dem Monokel nicht und leckt mit seiner Zunge das Blut von den Pflastersteinen weg? Soll es hineindorren in die Steine, hinüberdorren ins Jenseits? Warum kommt er nicht und ruft: ich, ich, ich –? Und wenn es schon geschieht und das Kind drüben muß in seinem frühen Jammer Mutter werden, warum kommt der Lump nicht, der es geschwängert hat, warum kommt die Bestie nicht und fällt auf die Erde vor Schreck und Angst und Mitleid, weil er sehen kann, wie das Dingelchen sich krümmt und wie es seufzt und wimmert, warum kommt er nicht und ruft: ich, ich, ich –? Warum sprechen sie nicht: Verzeiht, wir haben nicht gewußt, was wir tun –? Was ist das für eine Ordnung in der Welt, daß sie sich verstecken dürfen und sich anstellen, als wüßten sie von nichts? O Menschen, Menschen, Menschen! Sie wissen nicht, was sie tun, das ist es. So soll ihnen auch nicht verziehen werden. Nein und abernein, verziehen nicht. Komm her, du Laffe, und drück deine Lasterlippen auf die Steine; komm her, du Bestie, und vernimm und schau. Wer da handelt, muß auch wissen. Ums Wissen geht's. Nichts da, die Verantwortung abwälzen. Nichts da, sich auf Gesetze und Vorschriften ausreden. Blind magst du sein, du Menschenhund, du Menschenfloh, du Menschennichts, aber wissen sollst du, wissen, was du tust, und niederstürzen und mitwimmern und rufen, daß es an die Enden der Welt schallt: ich, ich, ich!«

Das Licht auf dem Kerzenstumpf flackerte nur noch ganz trüb, so daß bloß der nächste Umkreis auf dem Tisch matte Helligkeit erhielt. Die Schlote vor den Fenstern türmten sich um so strenger in den Wolkenhimmel. Es entstand Stille von einer Eindringlichkeit, die jede Fiber spannte. Eine lautlose, unendlich verschuldete Wachsamkeit war in Ohr und Hirn.

Es saß hier nicht mehr der Rechnungsrat in der Steuerverwaltung mit Namen so und so. Es saß hier einer, der keinen Namen mehr hatte und dessen stählerne Hüllen abzuschmelzen begannen. Es war nicht mehr das Mansardenloch eines Ausgestoßenen; nicht mehr der Tisch mit der qualmenden Kerze; es war ein Raum unter den Sternen. Es floß nicht mehr Zeit; Zeit war dahin. Erde war dahin.

Und wie sich nun der Mensch ohne Namen aus dem Zusammenhang gehoben sah, rührten ihn von unten her Hände an. Hände von Vergangenen, Hände von

Gerichteten. Sie strebten verlangend zu ihm empor; Hände eines Knaben; Hände eines Greises; Hände eines Mädchens; Hände von Männern. Die einen waren gefaltet, die andern wie in der Abwehr; die einen flehten, die andern drohten; die einen beteuerten, die andern waren gerungen.

Zuerst fragte sich der so Bedrängte, was sie von ihm begehrten; doch wie der Umriß nahm auch ihre stumme Sprache an Verständlichkeit zu, und wie sie von schattenhafter Verwesung sich in Körperhaftigkeit wandelten, wurde die Forderung so klar, Klage, Vorwurf, Anspruch und Gericht so unzweifelhaft wie Schall und Fall von Worten. Bangten sie nach Dingen, die sie hatten verlassen müssen? Wollten sie eine Schuld bezahlen, die unberichtigt geblieben war? Gewährten sie eine Liebkosung, die sie verweigert hatten? Gaben sie ein Versprechen? Erbaten sie ein Geschenk? Leisteten sie einen Schwur? Wiesen sie einen Weg? Winkten sie einem Freund? Schrieben sie, gruben sie, ruhten sie, hasteten sie? Alles dies und vieles noch. Hände sind Geschöpfe und spiegeln jegliches Sein.

Die Paare vermehrten sich, und zu den vergangenen gesellten sich die gegenwärtigen, die er gesehen und doch nicht gesehen im Ablauf der Tage, die zu ihm gesprochen, ohne daß er es vernommen, die geplagten, die beladenen. Wirrsal und Gewühl, Fülle der Gesichte. Hart, dürr und vergilbt die einen, unschuldig und feingliedrig die andern; diese mit dicken Adern und geschwellten Muskeln, jene zag und zitternd; krank und müde die, voll Nerv und Entschluß die andern. Schwielige, blasse, rosige, geballte, geflachte, behaarte, glatte, kleine und große, näher, immer näher, beredter, immer beredter, und der, dessen Name aufgehört hatte zu sein, spürte, daß sie nicht ablassen würden, ehe er selbst nicht aufgehört hatte zu sein. So mußte er um Gnade bitten, um eine Frist, um ein Bedenken; erschüttert an den Rand der Stunde und des wachen Wissens gerückt ward er inne, daß nach solcher Vision der Mensch, mit zerspaltener Brust, dem irdischen Tag verloren war.

Auf einmal war ein Leuchten in der Stube. Von wo es kam, war noch nicht zu unterscheiden. Jost stammelte und reckte die Arme in die Richtung der Bettstatt. Das Kind erhob sich langsam. Es schälte sich aus der Decke und trat nackt und aufrecht vor die Männer. Um seine Lippen hing ein Lächeln. Die weiße Haut erglühte von inwendig. Was sie erglühen machte, war das Herz, und die Schauenden gewahrten bald nur noch das Herz: einen funkelnden, pulsenden Rubin, in die Dunkelheit gelagert wie eine Figur auf einem gemalten Kirchenfenster.

Jost brach in die Knie. Mit den Händen tastete er rückwärts, als suche er alle die vielen Hände dort zum Schutz. »O Kind!« rief er schluchzend. »O Mensch! Wohin gehst du mit dem Flammenjuwel in deiner Brust? Sag es nur, sag es uns, sag es aller Menschheit, daß der rote, heiße Kern nur einmal da ist, die leuchtende Frucht nur einmal reif wird. Für einen nur ein einziges Mal. Sag es, was es heißt: ein einziges Mal. Sie wissen nicht, was es bedeutet: ein einziges Mal! Sprich, du Gotteswesen! Sprich, süßer Geist!«

Aber das Kind lächelte bloß. Lächelte und verging.

Zum hohen Gebieter, vor den ewigen Thron, trat Michael, der Erzengel, in den Morgen der rauschenden Sphären und sprach:

»Ich habe die Seele des Gleichgültigen gewonnen, Herr.«

Lukardis

Im Verlauf der schleichenden Revolution, von der das russische Reich während des vorletzten Jahrzehnts heimgesucht war, kam es eines Tages zu einem Straßenkampf in Moskau. Den unmittelbaren Anlaß hatte die Verschickung von fünfunddreißig Studenten und Studentinnen gegeben, die das Jubiläum eines verehrten Lehrers, welcher der Polizei verdächtig geworden war, in überschwenglicher Weise gefeiert und die Feier durch heimliche Zusammenkünfte vorbereitet hatten. Einige der angesehensten Familien der Stadt wurden durch die grausame Maßregel betroffen, und die Trauer und Entrüstung so vieler bis dahin ruhiger Bürger erregte eine gefährlichere Stimmung, als es die Aufwiegelung der politisch Tätigen vermocht hätte.

Unter den mit tückischer Eile Deportierten befand sich auch ein junges Mädchen namens Anna Pawlowna Nadinsky. Es lebte in Moskau ein Bruder von ihr, Eugen, oder wie es im Russischen heißt, Jewgen Pawlowitsch, Offizier bei einem Dragonerregiment, ein schöner, stolzer Mensch von dreiundzwanzig Jahren, dem man eine rühmliche Laufbahn vorhersagte. Eugen Pawlowitsch Nadinsky liebte seine Schwester, sie war die vertraute Freundin in allen Angelegenheiten seines Lebens gewesen. Als er sie nun verloren sah, für sich wie für die Welt verloren, der Erniedrigung und den Entbehrungen preisgegeben, welche der jahrelange Aufenthalt in Sibirien mit sich bringen mußte, war sein Schmerz so groß, das Gerechtigkeitsgefühl in ihm so tief beleidigt, daß die Fundamente seines Daseins wankten und er eine Ordnung nicht mehr anerkennen wollte, der er sich bis zu dieser Stunde bereitwillig gefügt hatte. Es geschah fast von selbst und zu seinem eigenen Erstaunen, daß er, als das Regiment wenige Tage nach jenem Gewaltstreich der Polizei zur Beschwichtigung der in der Stadt ausgebrochenen Revolte unter die Waffen treten und in die Straßen reiten mußte, plötzlich die Spitze des von ihm geführten Zuges verließ, von seinem Pferd sprang und gegen eine aus Pflastersteinen, Balken, Karren, Körben und allerlei Hausrat zusammengesetzte Barrikade eilte, wobei er den Verteidigern lebhafte Zeichen gab, welche sie nicht mißverstehen konnten, zumal ja Überläufer aus den Reihen der Soldateska, auch während des Kampfes, nicht selten waren. Kaum aber war Nadinsky auf der Höhe der Barrikade angelangt, die er übersteigen wollte, um sich gegen die wahren Feinde seines Vaterlands zu wenden, als ihn aus den Dutzenden wider ihn gerichteten Gewehren der Dragoner zwei Schüsse trafen. Von der andern Seite der Barrikade streckten sich ihm Hände entgegen, Augen strahlten ihn begeistert an, es war wie ein Dank und stillte die letzten Zweifel, die ihn noch beunruhigen mochten; auch sein Name wurde gerufen; einige kannten ihn also, und der Jubel in ihren Stimmen belohnte ihn noch in dem Gefühl der Todesschwäche. Er kehrte sich um, zog den Revolver aus dem Gürtel und feuerte gegen die Anstürmenden, denen sein empörtes Herz die Kameradschaft gekündigt hatte, dann stürzte er auf die Brust, und die Finger seiner rechten Hand krampften sich in das Strohgeflecht eines zwischen Bretter geklemmten Stuhls.

Sogleich ergriffen ihn zwei junge Leute und trugen den Bewußtlosen auf die steinerne Treppe eines Haustors. In großer Eile öffneten sie Nadinskys Rock und Hemd, rissen Streifen aus dem Hemd, verbanden die Wunden, die stark bluteten, und sahen sich dann hilfesuchend um. Da erblickten sie den Wagen eines Grünzeughändlers; der Besitzer war verschwunden; das magere kleine Pferd stand an der Deichsel wie gefroren. Rasch entschlossen betteten sie den Offizier mitten in Gemüse und Salat und deckten ihn mit Blättern zu. Der eine von ihnen kehrte zum Kampfplatz zurück, der andere nahm das Roß beim Zügel und führte es die Straße hinunter, dann durch mehrere Nebenstraßen, schließlich auf einen freien Platz, wo die Universitätsklinik war. Er fuhr in das geräumige Tor und ging in das Zimmer eines Assistenten, der alsbald Auftrag gab, den Verwundeten in einen der Krankensäle zu schaffen. Die Verletzungen waren schwer. Eine Kugel hatte zwar nur den Hals gestreift, die andere jedoch hatte unterhalb des Schulterblattes die Lunge getroffen, steckte noch im Körper und mußte durch eine Operation herausgenommen werden. Erst am dritten Tage erwachte Nadinsky aus fieberhafter Ohnmacht und wußte lange Zeit nicht, wo er sich befand und was mit ihm geschehen war.

Nun hatte aber die Polizei durch einen ihrer zahlreichen Spione in Erfahrung gebracht, wo sich der junge Offizier befand, von dessen Desertion ganz Moskau sprach. Es erschien ein Isprawnik in der Klinik, um den todkranken Mann zu verhaften. Er wurde an Nadinskys Lager geführt, und trotzdem er sich von der Gefährlichkeit seines Zustandes überzeugen konnte, beharrte er auf seinem Verlangen und pochte auf den schriftlichen Befehl. Indes der Assistenzarzt noch mit ihm zu unterhandeln versuchte, trat der Professor hinzu, warf einen schnellen Blick auf Nadinskys apathisches Gesicht, in welchem ein Zug von Knabenhaftigkeit Sympathie und Rührung erweckte, und sagte: »Wenn man ihn jetzt von hier wegbringt, wird er in der ersten Viertelstunde sterben. Es ist vorteilhafter für die Polizei, zu warten.« Der Isprawnik wurde unschlüssig. Er war noch Neuling und wenig verhärtet; überdies hatte er in der Fülle der ihm obliegenden Geschäfte und Aufträge den Kopf verloren. Er überlegte eine Weile und erklärte sich hierauf damit einverstanden, den Offizier noch so lange in der Klinik zu lassen, bis seine Kräfte den Transport erlauben würden.

Damit waren einige Tage für Nadinsky gewonnen; in diesen Tagen wuchs die Teilnahme des Professors für ihn zusehends, und er trug Sorge, sein Interesse auch andern Personen einzuflößen. Es meldeten sich Freunde, die ihm zur Flucht verhelfen wollten; eines Morgens wurde er in ein

Zimmer gebracht, worin außer ihm niemand lag. Am selben Abend besuchte ihn ein junger Mensch, der die Absicht hatte, ihn, als Krankenwärterin verkleidet, nach Sokolnikin, einen Park in der Nähe von Moskau, zu schaffen, was bei seiner Schwäche und seiner noch immer fieberhaften Verfassung ein Wagnis auf Leben und Tod bedeutete. Nadinsky war jedoch bereit, ihm zu folgen, denn blieb er, so war ihm der Tod oder das Schlimmere, ewige Kerkerhaft im entlegensten Sibirien, gewiß. So fuhr er also in tiefer Nacht, bei Schnee und Kälte, es war Mitte des Monats März, nach Sokolnikin und wohnte in der Villa eines Gelehrten, der bei der Polizei für unverdächtig galt. Es dauerte aber nur vierundzwanzig Stunden, da kamen wieder Boten, die sich als Spaziergänger unauffällig dem Haus genähert hatten, in dessen Mansarde der kranke Nadinsky lag, und meldeten, daß die Polizei neuerdings auf seine Spur geraten, und daß für die folgende Nacht seine Verhaftung befohlen sei. Es blieb also nichts übrig, als einen anderen Zufluchtsort für ihn ausfindig zu machen. Der Haushalt des Gelehrten, eines Deutschen von Geburt, wurde von seiner Schwester Anastasia Karlowna geführt, einer ebenso beherzten wie gutmütigen Frau, die seit mehr als vierzig Jahren in Moskau lebte und nicht nur in der Gesellschaft einflußreiche und wohlwollende Bekannte hatte, sondern auch bei vielen Leuten im Volk sehr beliebt war. Sie hatte dem jungen Offizier Speise und Trank gebracht, ihn gepflegt und seine Anwesenheit klug zu verbergen gewußt. Nun sorgte sie zunächst für eine neue Verkleidung, und als es dämmerte, brachte sie ihn mit Hilfe eines Menschen, der ihr ganz fremd war, sich aber zu diesem Dienst angeboten hatte, im Gewand eines einfachen Arbeiters zu der Familie eines Drechslers in die Vorstadt. Dort blieb er nur eine Nacht, am Morgen weigerte sich der Mann, der Argwohn geschöpft hatte und für sich und die Seinen begründete Furcht empfand, den Flüchtling länger zu beherbergen. Fünf Tage lang wurde Nadinsky auf diese Weise von Haus zu Haus geschleppt, von dem des Drechslers in die Wohnung einer Fuhrmannswitwe, dann in die eines Maurers, dann zu einem Gärtner, schließlich zu einem Laboranten. Immer merkten die Leute nach wenigen Stunden, wem sie ein Asyl gewährt hatten, die Angst vor der Polizei überwog das Mitleid und verstockte sie gegen die Beredsamkeit Anastasias, die in ihrem Eifer keineswegs erlahmte. Sie war die Nächte über bei Nadinsky, denn er konnte sich nicht selbst überlassen bleiben; man mußte ihn ankleiden, waschen und zweimal täglich die Wunden verbinden, deren Heilung bei der unregelmäßigen und aufregenden Lebensweise nur langsam vonstatten ging. Als nun auch der Laborant, den sie mit Geld und vielen Worten bestochen hatten, den aufgezwungenen Gast fortzubringen befahl, verzweifelte Anastasia Karlowna daran, Nadinsky retten zu können. Die Freunde, die ihr bisher beigestanden, vermochten nichts mehr zu tun, die Polizei war auf ihren Spuren, jeder fernere Schritt mußte sie ins Verderben ziehen, auch sie selbst fühlte sich bedrohlich überwacht. Zum letztenmal versuchte sie den Laboranten durch Bitten und Flehen zu erweichen; nur noch eine einzige Nacht möge er christliche Nachsicht üben, das Leben ihres Bruders – denn sie gab Nadinsky für ihren Bruder aus – stehe auf dem Spiel; umsonst, sie schürte bloß das Mißtrauen des Mannes, und alles, was sie erreichte, war, daß er ihr drei Stunden Frist gab; wenn nach Verlauf dieser Zeit Nadinsky nicht aus dem Haus geschafft sei, werde er die Anzeige machen.

Es war jetzt drei Uhr nachmittags. Bis sechs Uhr mußte also Anastasia eine Stätte für ihren Schützling gefunden haben. Sie irrte eine Weile durch die Straßen, ging bald in dieses, bald in jenes Haus, kehrte aber immer vor den Türen wieder um, weil sie überall eine abschlägige Antwort oder gar Verrat fürchtete. Da verfiel sie in ihrer Bedrängnis auf den Gedanken, Nadinsky in eines jener Häuser zu bringen, in denen an Liebespaare Zimmer vermietet werden, nur dort war es nicht notwendig, einen Paß vorzuweisen; wenn er noch zwei Tage Ruhe und Pflege haben konnte, war er gerettet, so hatte ihr der Arzt versichert, den sie am Morgen zu ihm geführt hatte, dann konnte er zur Grenze gelangen. Um den kühnen Plan durchzuführen, mußte sie aber eine Helferin haben, ein Geschöpf, dem man die Liebe glaubte und das stark, verschwiegen und klug war. Sie ließ alle jungen Damen, die sie kannte, an ihrem inneren Auge vorübergehen, aber keine schien ihr geeignet, eine solche Tat auf sich zu nehmen. Unter den Revolutionärinnen hatte Anastasia keine Bekannte, auch war es nicht geraten, einer Person zu vertrauen, die möglicherweise den Nachspähungen der Polizei ausgesetzt war; an eine Angehörige der untern Klasse oder gar an ein Frauenzimmer, das man bezahlen konnte, war nicht zu denken, es mußte eine Dame oder ein Fräulein aus der Gesellschaft sein.

Sie war ermüdet von den Anstrengungen der letzten Tage, und mehr um zu rasten als um eine Erfrischung zu nehmen, ging sie in eine kleine Konditorei an der Straße, trat in ein Nebenzimmer, in welchem ein dämmriges Halblicht herrschte und wo zwei Frauen an einem Tischchen saßen und Schokolade tranken. Anastasia setzte sich in ihre Nähe, ohne sie zu beachten, merkte aber dann, daß die eine, die ältere Dame, sie fixierte und mit freundlichem Nicken herübergrüßte. Da erkannte sie die Frau; es war Anna Iwanowna Schmoll, die Gattin eines pensionierten Generals, die taubstumm war, und ihre Tochter Lukardis, ein etwa neunzehnjähriges Mädchen von nicht gewöhnlicher Schönheit. Kaum hatte Anastasia einen Blick auf sie geworfen, so sagte sie sich: Die muß es vollbringen und keine andere. Sie hatte vor Jahren im Hause des Generals Schmoll verkehrt, als Lukardis Nikolajewna fast noch Kind gewesen war, aber sie erinnerte sich ihrer wohl, sie hatte sich oft mit ihr beschäftigt, oft mit ihr gesprochen; sie erinnerte sich, daß das damals dreizehnjährige Geschöpf ihr stets in einer Weise aufgefallen war, wie es nur Menschen tun, die eine besondere Eigenschaft, eine besondere Kraft in sich verschließen; was für eine Eigenschaft oder Kraft es war, hatte sie nie ergründen können, soviel sie auch darüber gegrübelt hatte. Die Mutter war eine ziemlich einfältige Frau, fromm, apathisch und harmlos, sogar ihres Gebrechens nur dumpf bewußt.

Anastasia nahm am Tisch der beiden Platz und begann, nachdem sie die Generalin durch Mienen und Gesten nach ihrem Befinden gefragt, leise mit Lukardis Nikolajewna zu sprechen. Die Generalin blickte forschend auf ihren Mund, aber da sie der Unterhaltung nicht zu folgen vermochte, senkte sie bescheiden die Augen und störte das Gespräch durch kein Zeichen der Neugierde mehr. Anastasia spürte die Verwegenheit ihres Vorhabens mit beklommenem Sinn. Sie durfte keine Zeit verlieren; sie mußte sich kurz fassen; sie mußte in wenigen Sätzen alles sagen, das Außerordentliche verlangen, Lukardis innerstes Menschengefühl aufrühren und doch vorsichtig und listig sein, weil Zufall alles vereiteln, Ungeschick alles verraten konnte. Lukardis wußte wenig von den revolutionären Umtrieben; sie ahnte vieles, hatte jedoch weder Einblick noch Urteil; sie lebte in einer Sphäre sanfter Träume, mit der Erinnerung an Puppen und der Gegenwart hübscher Schmuckkästchen, mit dem Echo der neckischen Galanterien verheirateter Herren und der vorsichtigen Beteuerungen lediger, und witterte doch, wie ein junges Waldtier, das fernes Jagdgetöse vernimmt, eine ungeheure Bewegung, Blut, Schmerz und Tod. Sie war zu handeln bereit, ohne es zu wissen; es gab Augenblicke, in denen sie eine leidenschaftliche Unruhe empfand, eine grundlose Ergriffenheit, einen Trieb, den Bezirk heuchlerischer Stille, in dem sich ihr Dasein formte, zu verlassen. Aber sie fürchtete die Welt, sie fürchtete die Menschen, sie erbebte vor jeder fremden Hand, die ihr gereicht wurde, ihr war, als ob alles trübe, ja schmutzig sei, was außerhalb ihres Hauses, ihrer Kammer war, sie hörte Leute auf der Gasse nie ohne Schauder reden, sie vermochte keine Zeitung zu lesen, ohne daß sie neben dem

Wilden und Rätselhaften, als welches sich ihr das Leben, das Draußen darstellte, auch etwas unendlich Beflecktes und Befleckendes fühlte, selbst die meisten Bücher, ein Vers, ein Gassenhauer, ein Witzwort erweckten diesen schrecklichen, nicht zu besiegenden Eindruck.

Regungslos hörte sie Anastasia zu. Ihr ovales Gesicht färbte und entfärbte sich wieder. Da war keine Lockung, kein Prickeln des Unbekannten, keine mädchenhafte Lüsternheit und ungestandene Aufregungslust; nichts anderes vernahm sie als den Ruf zur Pflicht. Nichts anderes las sie in den harten Zügen Anastasia Karlownas. Sie brauchte nicht einmal einen Entschluß zu fassen; was sie zu tun hatte, stand sogleich und unabänderlich fest. Sie war Braut. Seit sechs Wochen war sie mit einem Petersburger Adeligen, dem Staatsrat Michailowitsch Kussin, verlobt. Ihre Eltern und die Freunde des Hauses glaubten, daß sie an der Seite des reichen Mannes einem beneidenswerten Schicksal entgegengehe, auch sie selbst fühlte sich glücklich. Wenn es etwas gab, das sie irremachen konnte, war es der Gedanke an ihn, dem sie mit schwesterlichem Gefühl zugetan war. Aber als Anastasia, welche dies spüren mochte, eine Andeutung fallen ließ, um sie darüber zu beruhigen, runzelte sie die Stirn und erwiderte, sie bedürfe des Zuspruchs nicht, ihr Bräutigam werde niemals die Meinung hegen, daß sie etwas Schlechtes oder Häßliches begangen habe.

»Sie sind also dazu entschlossen?« fragte Anastasia leise, indem sie den Blick ihrer grauen Augen auf die Hand des Mädchens heftete.

»Ich bin dazu entschlossen«, antwortete Lukardis ebenso leise, ohne die Lider zu erheben. »Es ist nur noch eine Schwierigkeit ...«

»Gibt es noch eine Schwierigkeit, wenn man dazu entschlossen ist?« fiel ihr Anastasia rasch und mit einem fanatischen Ton der Stimme ins Wort.

»Wie soll ich es anstellen, zwei Tage und zwei Nächte vom Hause wegzubleiben?« fragte Lukardis, die Finger ihrer weißen Hände verschränkend.

Anastasia starrte düster sinnend auf einen Kuchenteller.

»Nur das eine ist möglich«, fuhr Lukardis flüsternd fort, »ganz in der Stille zu verschwinden, der Mutter einen Brief zu schreiben ...«

»Ja ja, ein paar Zeilen, irgendwas und um Verschwiegenheit bitten und versprechen, bei der Rückkehr alles zu sagen. Aber auch Sie selbst müssen schweigen, Lukardis Nikolajewna«, setzte sie fast drohend hinzu. »Sie müssen schweigen, als ob Sie es nie erlebt hätten.«

Lukardis nickte bloß. Ihre Augen waren jetzt weit geöffnet und blickten geradeaus. Anastasia schärfte ihr aufs genaueste ein, wie sie sich zu kleiden und wie sie sich zu betragen habe, und nachdem sie ihr noch gesagt hatte, wo sie sich einzufinden habe und zu welcher Zeit, flocht sie an das ernste Gespräch, das trotz seiner Gewichtigkeit kaum eine Viertelstunde gedauert hatte, einige Scherzreden an, um Lukardis zum Lächeln zu bringen und in der Generalin keinen Argwohn keimen zu lassen, erhob sich dann erleichterten Herzens und verabschiedete sich.

Sie ging zu Nadinsky und teilte ihm mit, was sie ausgerichtet. Er lag in dem armseligen Zimmer des Laboranten auf dem Sofa, und nachdem er sie angehört hatte, drückte er ihr die Hand und sagte: »Mein Leben ist so vieler Umstände nicht mehr wert, Anastasia Karlowna. Es ist ein verlorenes Leben.« Anastasia verwies ihm diese Worte; sie entgegnete, daß sie sich bessern Dank erhofft habe, als so mutlose Redensarten zu hören und fing an, den Verband seiner Wunden zu erneuern. Nadinsky seufzte. »Was soll's auch«, sagte er mit müder Stimme, »mir ist nun alles anders, Auge, Hand und Gefühl. Wie von Gespenstern bin ich umgeben, ich empfinde gar nicht den Abschluß gegen die Welt. Ich sehe meine Mutter auf dem Gut. Sie ahnt noch nichts. Sie hat ihr Medaillon vom Hals genommen und betrachtet das Bild darin. Es ist ein Bild von mir. Sie weiß nicht, daß sie mich nie wiedersehen wird, sie weiß es durchaus nicht, trotzdem weint sie über dem Bild. Aber ich, ich fühle nichts. Mir ist alles so wesenlos geworden, weil ich nichts mehr zu lieben vermag.«

Anastasia hielt diese Reden für einen Ausdruck des Fiebers und schüttelte unwillig den Kopf. Eine Weile, nachdem es dunkel geworden war, fuhr ein Wagen am Toreingang vor. Anastasia hatte einen hübschen Anzug für Nadinsky besorgt, sie hatte ihm bei der Toilette geholfen, besah ihn jetzt noch einmal prüfend und geleitete ihn dann hinunter. Im Wagen saß Lukardis Nikolajewna Schmoll, tief verschleiert. Anastasia reichte ihr ein Paket mit Verbandzeug und sagte zu Nadinsky, daß sie ihn am zweiten Morgen zu einer gewissen Stunde und an einer gewissen Stelle des Bahnhofs erwarten und daß sie sich bis dahin einen Auslandspaß für ihn verschafft haben werde. Dann gab sie dem Kutscher die Adresse, winkte grüßend ins Fenster, und der Wagen fuhr davon.

Schweigend saßen Lukardis und Nadinsky nebeneinander. Die Situation war zu ungewöhnlich, zu drohend, zu schicksalsvoll, als daß sie Verlegenheit hätten empfinden können. Sooft der Schein einer Laterne hereinfiel, sah Lukardis, daß Nadinsky die Augen geschlossen hatte und daß sein Gesicht bleich war. Er hatte ihr die Hand gegeben, als er sich neben sie gesetzt hatte, das war alles. Sie ihrerseits fand, daß seine Nähe sie nicht schreckte und daß sie schweigen durfte.

48

Das Haus, zu dem sie fuhren, stand in einer entlegenen Gasse. Nadinsky mußte alle Kraft zusammennehmen, als sie ausstiegen. Er reichte seiner Begleiterin den Arm, doch führte sie ihn mehr als er sie. Er forderte zwei Zimmer. Man war beflissen, ihm gefällig zu sein. Er schleppte sich mit Mühe die Treppe hinauf, bewahrte mit Mühe die Haltung des Lebemannes, den ein flüchtiges Abenteuer beschäftigt. Dem Gebrauch des Hauses entsprechend, wurde ihnen ein Angestellter zu ihrer besonderen Bedienung überwiesen. Dieser Mensch stak in einer silberbetreßten Livree, hatte boshafte, aufmerksame Kugelaugen, ein unveränderliches, abgeschmackt einladendes Lächeln auf den dicken Lippen und war demütig. Lukardis spürte, wie sich ihr Herz bei seinem Anblick zusammenzog. Er deckte den Tisch, blieb hündisch lauschend stehen, während Nadinsky mit erschöpfter Gleichgültigkeit die Speisen, die Weine, den Sekt bestellte, und sein messender Blick schien zu verlangen, daß die beiden auch wirklich waren, was sie zu sein vorgaben. Lukardis war geschminkt; sie hatte ein dekolletiertes Kleid angezogen; sie durfte sich nicht geben, wie sie sonst war; die kindliche Unschuld, von der ihre Miene sonst strahlte, mußte sich in Leichtfertigkeit verwandeln; sie mußte gesprächig sein, Koketterie zeigen, mußte lachen, mußte den Arm um Nadinskys Schultern legen und sich bisweilen auf seinen Schoß setzen, sie mußte passionierte, übermütige, verführerische Gebärden haben; was sie nie beobachtet, nie zu sehen gewünscht, nie anders als schaudernd bedacht, nur durch flüchtige Worte und flüchtige Bilder mit abgewandtem Ohr und Auge erfahren, das mußte sie tun, um jenen Menschen zu täuschen, der mit Tellern, Schüsseln, Gläsern und Flaschen hereinkam, den Sekt in den Eiskübel stellte, die Speisen servierte und dann schweigend, lächelnd, hinter niederträchtig gesenkten Lidern spähend auf Befehle harrte. Sie mußte es um der üppigen Lichter, der bunten Polster, der spiegelnden Wände willen tun, um dieses Hauses willen, dessen lügenhafter

Prunk ihre Gedanken in Aufruhr versetzte. Damit nicht genug, durfte sie auch keinen Zweifel an der Echtheit und Natürlichkeit ihres Benehmens erregen; alles mußte wie von ungefähr sein, raffiniert und durchsichtig, ohne Zaudern und ohne Hast; sie mußte von den Speisen essen, sie mußte Wein und Champagner trinken, sowohl aus ihrem eigenen Glas, als auch, wenn der Diener draußen war, aus dem Glas Nadinskys, der nicht trinken, aber das volle Glas nicht vor sich stehen lassen durfte. Des Genusses geistiger Getränke durchaus ungewohnt, ward ihr bang und schwer zumut, und es kostete sie immer größere Anstrengung, die Rolle durchzuführen, die sie mit solcher Instinktgewalt und Aufopferung spielte. Sooft der Kellner das Zimmer verließ, erhob sie sich; in ihrem Gesicht löste sich die furchtbare Spannung, um einem Ausdruck der Verstörtheit und der angstvollen Erinnerung Platz zu machen, denn ihr war, als seien viele Jahre verflossen, seit sie aus dem Elternhaus gegangen war. Nadinsky schaute sie dann mit einem schmerzlich verwunderten Blick an, suchte sie wie hinter Masken, beklagte sie stumm, klagte sich selbst mit einer Gebärde an, und es wurde ihm nicht leicht, das studierte Lächeln wieder auf seine Lippen zu zwingen und mitzuspielen, wenn der Aufpasser zurückkehrte.

Als der Tisch abgetragen war, kam eine Magd, die ein weißes Häubchen auf dem Kopf trug; sie war jung und sah alt aus, ihr Gesicht war fahl vom beständigen Leben im Lampenlicht und in schlecht gelüfteten Räumen. Sie hatte Wasser zu bringen, das Feuer im Ofen zu nähren und nach den Wünschen des Paares zu fragen; sie redete mit süßlicher Stimme, aber ihre Züge waren versteinert vor Haß gegen die obere Welt, gegen die, die da kamen, um verächtlichen, eiligen Genüssen zu frönen. Die Knie wankten Lukardis, wenn sie den Blick auf die Person richten mußte, und sie schämte sich ihrer Füße, ihrer Hände, ihres Halses und ihrer Schultern. Endlich war auch diese Prüfung vorüber, und sie konnte die Tür zusperren; sie waren allein. Von einer Turmuhr schlug es zehn Uhr. Die aushallenden Klänge vibrierten durch das Gemach. Nadinsky ging ins andere Zimmer zu dem Doppelbett, über welches ein blauseidener Baldachin gespannt war; er fiel kraftlos darauf nieder. Erst nachdem er eine Viertelstunde geruht, konnte ihm Lukardis beim Auskleiden helfen. Die Decke bis an die Brust gezogen, lag er mit nacktem Oberkörper da. Es ist ein Mensch, sagte sich Lukardis, der plötzlich die Tränen in die Augen stiegen, und mit einer Art von Schrecken erinnerte sie sich an das rotwangige Antlitz Alexander Michailowitschs, ihres Verlobten. Sie wusch Nadinskys Wunden und erneuerte den Verband. Nadinsky spürte die zarte Hand, wie man in einem Halbtraum Wohlgerüche spürt; zu danken war er nicht fähig; er fürchtete ihr Auge, er fürchtete sie zu beleidigen durch einen Blick des Dankes, er wünschte, sie möchte ihn nur als Leib ansehen, als Gegenstand ohne Gesicht und ohne Gefühl. Und so wie sie halb entsetzt und halb erbarmend dachte: ein Mensch, so dachte er, halb beseligt und halb in Angst um sie: ein Wesen.

Er schlief ein. Lukardis setzte sich in einen Sessel und rührte sich nicht, Sie hatte in ihrem Täschchen ein Buch mitgenommen, aber sie wußte, daß sie nicht würde lesen können. Sie versuchte, an ihre Mutter, an ihren Vater, an ihre Freundinnen, an den letzten Ball, an die Oper zu denken, die sie zuletzt gehört, aber sie konnte nicht denken, alles verschwamm, alles enteilte. Sie hörte Nadinskys tiefe Atemzüge, sie sah sein blasses, hübsches, von Schmerzen ermüdetes Gesicht, aber auch er, den sie pflegen und bewachen sollte, war ihren Gedanken kaum erreichbar. Ihr schien, daß von ihrem Platz bis zu seinem Bett ein Weg von vielen Meilen sei. Sie lauschte. Sie vernahm Kichern auf der Treppe und schlürfende Schritte im Flur. Stimmen, Frauen- und Männerstimmen, drangen gedämpft durch die Wände, auch von oben herunter und von unten herauf. Gläser klirrten, dann wurde ein Klavier gespielt. Es war ein Walzer. Eine Saite des Instruments mußte gerissen sein, denn immer, wenn eine gewisse Stelle kam, entstand ein Loch in der Melodie wie die Zahnlücke im Mund eines Lachenden. Von irgendwoher schallte Geschrei, dann schwieg das Klavier, und an der Mauer zur Linken raschelte es. Dann war ein Seufzen, bei dem Lukardis das Blut in den Adern gerann. Sie roch das aufgespeicherte Parfüm aus verschlossenen Zimmern, sie hörte das Rauschen von Gewändern und wie man Türen öffnete und wieder schloß. Die Laute riefen Bilder hervor, sie konnte sich ihnen nicht entziehen, sie zitterte, und zitternd mußte sie schauen. So hatte sie die Welt nie verstanden, so das Leben nicht geglaubt. Begegnungen im Finstern, Hände, die einander fremd waren und einander dennoch hielten, ein Taumeln gegen jäh erhellte Spiegel, Übereinkommen in Worten ohne Scham, das Unbekannte entschleiert, das Geheimnisvolle leer, die Weihe besudelt, die heimlichen Schätze der Phantasie entwertet, ach, sie griff an ihr Gesicht, wurde der Schminke auf den Wangen inne, und ihr Herz füllte sich mit Grauen.

Nadinsky schlug die Augen auf und stöhnte. Sie schritt den meilenlangen Weg bis zu ihm und reichte ihm ein Glas Wasser. Als sie seine Stirn fühlte und sie heiß fand, legte sie ein feuchtes Tuch darüber. Da erwachte er völlig und fing an zu sprechen. Er redete in kurzen Sätzen, sprach vom Hospital, vom Professor und von Anastasia Karlowna. Lukardis ließ zaghafte Worte in die Pausen fallen. »Morgen werde ich mich kräftig genug fühlen, um das Haus zu verlassen«, sagte er. Sie entgegnete: »Das ist unmöglich, Sie haben noch Fieber, und Anastasia Karlowna erwartet Sie erst übermorgen früh um sieben Uhr.« Die sanft gesprochenen Worte durchleuchteten ihm ihr Gemüt, ihre bisher ungetrübte Jugend, ihre reinen und starken Sinne, aber er gewahrte nicht, daß sie fast beständig zitterte. Jetzt wurde das Klavier wieder gespielt, von einer ändern Hand, roh, tumultuarisch und trunken, und während der ganzen Dauer des Spiels sahen Nadinsky und Lukardis einander gepeinigt in die Augen. Es war Mitternacht vorüber, und auf einmal wurde drunten dumpf gegen das Tor gepocht. Eine Glocke erschallte mit frechem Lärm. Nadinsky richtete sich halb empor. Seine Finger krampften sich zusammen, sein Blick war voll düsterer Erwartung. Lukardis stand auf und lauschte ohne Atem. Das Klavier schwieg. Es währte lange, bis das Tor geöffnet wurde. Schon hörten sie Schritte auf der Treppe, schauten entgeistert beide auf die Türklinke, harrten auf das Klopfen an die Tür, das ihr fürchterliches Los entscheiden mußte, und wirklich drangen Stimmen in hastiger Wechselrede bis zu ihnen. Aber dann wurde es still, und ihre Pulse begannen wieder regelmäßig zu schlagen. In diesen drei oder vier Minuten fühlten sie sich sonderbar vereint, ihre Kraft und ihre Furcht waren gegen ein gemeinsames Ziel gerichtet, es war ihnen, als würden sie von einem Sturmwind in die Luft gehoben und Brust an Brust gegeneinander geschleudert, so daß sie sich mit den Armen umfassen mußten, um einer dem ändern Hilfe zu gewähren beim drohenden Sturz. Lukardis vergaß sich selbst und Nadinsky vergaß sich selbst, er spürte nur die Angstglut in ihr, Verlust alles Glückes, Schande und Elend, sie aber ergab sich seinem Geschick, mutig und jetzt erst ahnend, wofür er sein Leben in die Schanze geworfen hatte.

Indessen übermannte den Fiebernden der Schlaf von neuem. Doch konnte er festen Schlummer nicht finden, solange die grellen elektrischen Flammen ihn blendeten. Aus Rücksicht für Lukardis enthielt er sich, den Wunsch nach Dunkelheit zu äußern, aber an der unruhigen Bewegung seiner Lider merkte sie, was ihn störte. So löschte sie die Lichter und zündete im Nebenzimmer eine Kerze an. Auch sie war müde, die späte Stunde wirkte wie ein lähmendes Gift auf sie, und sie sah sich nach einer Lagerstatt um. In diesem Raum war kein Bett, nur eine Ottomane; ihr ekelte vor dem Plüsch, mit dem das Möbelstück bezogen war. Ihr ekelte auch vor den Stühlen und vor dem Teppich. Bei der

Schwelle zu Nadinskys Zimmer rollte sie den Teppich auf, warf ihren Pelzmantel auf den Boden und legte sich hin. Die Kerze ließ sie brennen. Aber so war sie dem Haus näher als vordem, hörte sie abgeteilt die bisher verschwommenen Geräusche, einen Ruf, ein Gelächter, ein einzelnes Wort, aber sie hörte auch, wie der Schnee an die Fensterscheiben schlug, und das milde Knistern beruhigte sie; sie hörte die Atemzüge Nadinskys, und dies mahnte sie an ihre Verantwortung. Jeder Atemzug knüpfte sie fester an sein Geschick. Die Wichtigkeiten ihres früheren Lebens wurden bedeutungslos, was sie dort getan, gewollt, gewesen, dünkte ihr kindisches Tändeln. Sehnsüchtig blickte sie zurück wie vom Bord eines Schiffes auf die versinkende Heimat. Sie schlief und schlief gleichwohl nicht. Nadinsky sprach ihr Trost und Mut zu, das war geträumt; er röchelte in einem Fiebertraum, das war Wachen. Im Traum war sie über ihn gebeugt und behütete ihn; im Wachen war sie an den Boden gekettet und vernahm den mänadischen Schrei eines Weibes. Als der Morgen graute, sah sie eine Ratte über den Teppich laufen. Das Tier schien phantastisch groß; daß es sich bewegte, war gespensterhaft; sie richtete sich kniend auf und suchte den Himmel zwischen den Spalten der Vorhänge. Sie gewahrte nur etwas Graues oben und weiter unten ein Fenster, aus welchem ein knochiges Gesicht lugte. Eine Sekunde zermalmender Hoffnungslosigkeit; sie schlich, nein, flüchtete zu Nadinskys Lager. Sein rechter Arm hing schlaff herab, Schweiß perlte auf seiner Stirn. Sein Anblick war ihr erschreckend fremdartig; schmerzlicher Haß loderte in ihrer Brust. Doch gab es auf der Welt keinen andern Menschen mehr, den sie so anblicken konnte; sie hatte viel von ihm zu fordern, ja alles, ohne ihn blieb ihr nichts übrig in der Welt als dieses Haus.

Bei ihrer Ankunft hatten sie nicht gesagt, wie lange sie in den Zimmern bleiben wollten; es war nicht gebräuchlich, sie länger als eine Nacht zu benutzen. Anastasias Plan war gewesen, daß sie sich über Mittag einschließen und dann den Wirt wissen lassen sollten, sie wünschten auch die folgende Nacht hier zu verbringen. Zu diesem Zweck sollten sie dem Diener und dem Stubenmädchen ein Goldstück geben. Aber man brauchte frisches Wasser für die Wunden, und Nadinskys Zustand heischte Nahrung. Es mußte auffallen, wenn sie zu früh läuteten, und wie sollten sie das Verweilen über den ganzen Tag rechtfertigen? Nadinsky war mit offenen Augen wortlos dagelegen, jetzt fing er selbst davon zu sprechen an. Er bat sie um seinen Rock und reichte ihr sein Portefeuille; zwei Goldstücke seien zuwenig, meinte er, man müsse fünfzig Rubel geben; Lukardis erwiderte, das verschwenderische Übermaß werde Verdacht erregen, und man müsse gewärtigen, daß der Eigentümer käme, um zu spionieren. Sie hielt die Geldnote mit bebenden Fingern, und nie war ihr Geld etwas so Wirkliches und zugleich so Unbegreifliches gewesen. Sie verhandelten beide mit äußerster Kälte, doch ihre Stimmen klangen erstickt. Eine Bemerkung Lukardis über das gemeine Gesicht des Aufwärters veranlaßte Nadinsky, ihr, spöttischer als er beabsichtigte, zu entgegnen, sie habe gewiß allzu behütet gelebt, wie in Wolle, und von denen, die da unten hausten, in Schmutz und bösem Wetter, könne keiner ihr Gefallen finden. Es war ein Empörungsversuch gegen das Joch der Dankbarkeit, das sie ihm auferlegte, die Begierde, sie aus sich herauszulocken und Licht und Dunkel in ihren Zügen wechseln zu lassen. Sie blickte traurig zu Boden. Sie gab ihm recht, und er war entwaffnet. Ihre Sanftmut rührte ihn, stachelte ihn aber immer wieder zur Grausamkeit an. Er wollte den Zufall nicht gelten lassen, der sie für achtundvierzig Stunden als Gefährtin an seine Seite gezwungen hatte, er fand sich schuldig an der Erniedrigung, unter der sie litt, und zürnte ihr deshalb. Ihm war, als hätte sie, ehe sie ihn getroffen, nur weiße Gewänder getragen, und von ihren schönen Lippen hallten nur leere Worte nach, die sie geredet, Abschaum ihrer verwöhnten Klasse. Jetzt erst wurde er zum wahren Rebellen, jetzt, in ihrer Nähe; seine Verborgenheit und seine Flucht kamen ihm schimpflich vor, und er hielt es für wahrscheinlich, daß ihn dies in Lukardis' Meinung verkleinerte. Darum sagte er plötzlich, er wollte aufstehen und das Haus verlassen; er wolle sich zeigen, es läge ihm nichts daran, ja es sei seine Pflicht, das Los so vieler Gerichteter zu teilen, die mehr erreicht und mehr gewagt hätten als er. Wem könne er noch nützen, nachdem er über die Grenze geflohen? Dem Volke nicht, den Freunden nicht, seiner unglücklichen Schwester nicht.

Lukardis beschwor ihn, sich zu fassen. Nur allgemeine Gründe konnte sie nennen, nur mädchenhafte Argumente finden. Aber als er verstockt blieb, nahm sie einen gebieterischen Ton an und sah aus wie eine junge Königin. Plötzlich verstummte sie. Sie hatte Schritte gehört. Sie hob den Zeigefinger der rechten Hand und preßte ihn auf ihren Mund. An der Tür stand jemand und lauschte. Ihr stolzer Blick wurde schutzflehend, und Nadinsky senkte den Kopf. Da entschloß sich Lukardis zu dem, was nötig war. Sie schritt auf den Zehen zur Tür, schob den Riegel auf, eilte dann gegen das Bett zurück, schlüpfte schnell unter die Decke neben Nadinsky, zog die Decke bis an ihren Hals, griff nach dem Knopf der elektrischen Klingel, der an einer langen Schnur zu ihren Häupten herabhing, und läutete. Atemlos lagen sie beide da, bis es an der Tür klopfte. Es war die Magd, und sie empfing, an der Tür stehenbleibend, mit nornenhafter Düsterkeit Nadinskys Befehl, frisches Wasser zu bringen und den Kellner zu rufen, damit man das Frühstück bestellen könne. Sie holte zwei Krüge voll frischen Wassers, und dann kam der Aufwärter. Sein lauernder Blick durchmaß den Raum und auch den andern, soweit er ihn erspähen konnte, und es war Lukardis, als suche er ihre Kleider, mit denen sie im Bett lag, ein Umstand, der seinen Argwohn zu erregen geeignet war. Sie schloß die Augen, denn diesen Menschen zu sehen war ihr entsetzlich. Nadinsky hatte die Fünfzigrubelnote wieder genommen und gab sie jenem. »Zwanzig sind für das Mädchen, dreißig für dich«, sagte er in einem bemeistert lässigen Ton, »wir wollen noch bis morgen früh bleiben, wenn es geht.« Der Aufwärter verbeugte sich fast bis zur Erde; ein so reiches Geschenk hatte er nicht erwartet. Auch die Magd, die Kohlen in den Ofen warf, kam herzu und wollte Nadinsky die Hand küssen. Er wehrte sie ab. »Wenn es den Herrschaften gefällt, ist sicher nichts einzuwenden«, sagte der Kellner mit einer katzenhaften Gebärde und blinzelte. Nadinsky verlangte ein Frühstück. Es dauerte eine Viertelstunde, bis der Tee mit allem Zubehör gebracht wurde. Indessen lag Lukardis wie auf glühendem Rost. Ihren ganzen Leib durchdrang etwas, das sie nicht bezeichnen konnte, ein Gefühl, aus Kummer und Furcht gemischt, und ihr Antlitz überzog sich mit tödlicher Blässe. Nadinsky rührte sich nicht, ihre Empfindung teilte sich ihm mit, er begriff ihre Qual und vermied es, die Augen gegen sie zu wenden. Der Aufwärter hatte den Tisch gerichtet, verbeugte sich abermals bis zur Erde und entfernte sich. Auch die Magd war fertig, und nun schleuderte Lukardis die Decke weg und erhob sich, wie vor Feuer flüchtend. Sie verriegelte die Tür und öffnete ein Fenster. Ihr Haar hatte sich gelöst, sie ließ es ruhig hängen, denn es bedeckte ihre entblößten Schultern. Eine Stunde früher hätte sie sich so vor Nadinsky nicht zeigen mögen, doch seit sie neben ihm gelegen, hüllenlos trotz aller Hüllen, preisgegeben ohne Maß, empörten Blutes, seiner Gnade völlig überwiesen, war es nicht mehr von Belang, daß die Haare von ihrem Haupt herabhingen.

Als das Zimmer von frischer Luft erfüllt war, schloß sie das Fenster und sagte zu Nadinsky, es sei notwendig, den Verband zu wechseln. Schweigend entledigte er sich des Hemdes. Da erwies es sich, selbst Lukardis' unkundiges Auge konnte es feststellen, daß die Heilung der Wunde beträchtlich fortgeschritten war, auch hatte Nadinsky kein Fieber mehr. Lukardis war schon gewandter als gestern im Legen und Knüpfen der Binde, und nachdem sie die Ver-

richtung beendet hatte, reichte sie ihm Milch und Brot. Er
wünschte ein wenig Tee in die Milch, und sie gehorchte.
Sie selbst nahm nur etwas in Hast zu sich, als grolle sie dem
Körper wegen seines Hungers. Im Hause war es sonderbar
still. Auf der Straße rollten Wagen und schrien Kinder.
Nadinsky verfiel wieder in Schlaf. Lukardis begab sich ins
Nebenzimmer. Sie zog ihre Halbstiefel aus, um kein Geräusch zu machen, und ging stundenlang auf und ab, wobei
sie in beiden Händen Strähnen ihres Haares hielt. Manchmal blieb sie stehen und sann. Manchmal betrachtete sie die
Bilder an den Wänden, ohne sie wirklich zu sehen. Eines
stellte eine Leda dar, die den Schwan zwischen ihren Knien
hielt. Neben der Tür hing ein anderes: ein deutscher Student
mit einem Ränzel auf dem Rücken schwenkt die Kappe gegen ein Haus, aus dessen Fenster ein Mädchen mit zwei
langen Zöpfen schaut. In den großen Spiegeln spiegelten
sich die zwei Zimmer und die gegenüberliegenden Spiegel,
und es zeigte sich das Bild einer endlosen Folge von Räumen; in allen Räumen war die Leda in ihrer häßlich fetten
Nacktheit und der sentimentale Student und viele, viele
Male das Bett mit dem schlummernden Nadinsky und
darüber ein Bild des Kaisers Nikolaus, viele Male bis in
dämmernde Ferne. Oft stand sie auch am Fenster und sah
die Wagen und die Kinder, den Schnee auf den Simsen,
Gesichter hinter trüben Fensterscheiben, und es schien ihr,
als ob sich auch dies viele Male wiederholte bis in dämmernde Ferne. Wo war die Welt hingeschwunden? Wo war
alles, was sie geliebt, mit arglosen Sinnen umfangen? Wo
war sie selbst, Lukardis, die in einem zierlichen Mädchen-
boudoir gelebt? Wo Alexander Michailowitsch, der immer
rote Backen hatte und immer lächelte? Und wo war das
glänzende Moskau mit den verlockenden Auslagen seiner
Läden, den freundlichen Bekannten, die man überall traf,
den eleganten Offizieren und heiteren Frauen? Wo war die
Welt hingeschwunden? Sie sah nur den Mann, der in den
vielen Räumen vieler Spiegel lag; sie sah seine Wunde vor

sich, in vielen Spiegeln die Wunde auf der weißen Haut, und sie glich einer Flamme, der sie verzaubert folgen mußte.

Die Glocken schlugen Mittag, und dann dauerte es noch lange, wie lange, konnte sie nicht ermessen, bis Nadinsky erwachte. Er setzte sich aufrecht, und sie näherte sich ihm zögernd. Mit unerwarteter Entschiedenheit sagte er, sie müsse gehen, wenn die Dunkelheit eingebrochen sei, er fühle sich jetzt kräftig genug, um allein zu bleiben, und werde dem Kellner zu verstehen geben, daß sie in der Nacht zurückkehren wolle. In der Nacht werde sich dann niemand mehr darum kümmern. Lukardis schüttelte den Kopf. Sie antwortete, es geschehe ebensowohl um ihret- als um seinetwillen, wenn sie bleibe; die Wunde sei erst im Beginn des Vernarbens und müsse mindestens noch zweimal gewaschen und verbunden werden; wenn sie ging und ihn darnach ein Unglück traf, würde sie nie wieder schuldlos atmen können. Nadinsky schaute forschend in ihr Gesicht; dann streckte er den Arm aus, so daß sie ihm die Hand reichte. In demselben Moment erschraken beide. Es war wie eine beglückende, aber unheilvolle Verwandlung, die jeder in des andern Augen erlitt. Da trat Lukardis klopfenden Herzens vor einen der Spiegel und steckte ihr Haar wieder auf, aber ihre Finger zitterten dabei. Wenn er ihr jetzt befohlen hätte, zu gehen, hätte sie wahrscheinlich keinen Widerstand mehr geleistet. Doch fing er an zu klagen, daß er nicht den ehrlichen Tod im Kampf gestorben; was wolle er in den fremden Ländern, ewig wandernd, ewig den nagenden Gram um die gequälten Brüder in der Seele und mit der Sorge um das bloße Leben? Denn er sei nicht reich, habe viele Schulden und das mütterliche Gut sei in Gläubigerhänden. Durch so viel Mutlosigkeit entmutigt, blieb Lukardis still vor dem Spiegel stehen und schaute ihr übernächtigtes Gesicht an. Er fuhr fort und schmähte seine Tat; er habe nicht gewußt, was er auf sich genommen, es sei ein Trieb gewesen, kein Entschluß; so seien Helden nicht beschaffen, daß sie sich dem Ungefähr auslieferten, um zermalmt zu werden. Und sie, nun wandte er sich gegen Lukardis, die mit ihm in diese Kloake der großen Stadt geflohen, habe sie in klarer Erkenntnis gehandelt oder nicht vielmehr sich hinreißen lassen durch ein Gefühl, dem Mitleid nachgegeben, dem Reiz des Absonderlichen, der Verführung einer schwärmerischen Freundin? Sei sie nicht erschüttert und durchwühlt, von medusischen Visionen aller Kraft beraubt? »So sind wir alle«, rief er zum Schluß und warf sich in die Kissen zurück, »Ausgelieferte, Hingeworfene, Bettler der Phantasie, Opfer des Augenblicks, Getäuschte unserer Taten.«

Da ging Lukardis und setzte sich auf den Rand seines Bettes. Ruhig und fest blickte sie in sein Gesicht. Ihr Auge leugnete seine Worte, im Ausdruck ihrer Züge war eine seelenvolle Harmonie. Es war, als ob die göttliche Natur in einfacher Stummheit der Verwirrung seines Herzens zu Hilfe käme. Ein Strahl von Glück flog über Nadinskys Stirne, und sein zweifelsüchtiger Geist beugte sich beschämt. Unbeirrbare Zuversicht strömte von ihr aus und trug ihn über Stunde und Raum hinweg. Es dunkelte und wurde Nacht; sie blieben im Finstern und ohne zu sprechen. Als dann die Zeit gekommen war, wo sie die Komödie wieder spielen mußten, die das Haus forderte, machte Lukardis Licht, zog die Gardinen zu und ging ins zweite Zimmer, damit sich Nadinsky ankleiden konnte. Nach einigen Minuten rief er sie, weil er ohne Hilfe nicht in die Ärmel seines Rocks zu schlüpfen imstande war. Wie am Abend vorher wurde das Diner serviert; wie am Abend vorher bediente der Aufwärter in silberbetreßter Livree, noch demütiger, noch abgeschmackter lächend, noch wachsamer hinter seiner heimtückischen Grimasse. Unlustig aßen sie und vermieden es, einander anzuschauen; nur ihre Hände waren bewegt, lautlos gehorsame Geister huschten sie hin und her, den Augen des Spions Harmlosigkeit vorlügend. Lukardis spielte ihren Part heute schlecht; ihr Lachen klang gekünstelter, ihr

Getändel weniger glaubhaft. Nadinsky erleichterte ihr die Aufgabe, indem er ihr in einer Pause, wo sie allein waren, zuflüsterte, sie wollten streiten. Er erfand den Namen einer Gräfin und behauptete, das Perlenkollier, das die Gräfin Schuilow beim letzten Jour der Fürstin Karamsin getragen, sei falsch gewesen. Lukardis widersprach. Er nahm eine verdrossene Miene an und beharrte auf seiner Meinung. Eine glühende Röte überzog Lukardis Wangen, denn diese Heuchelei innerhalb der Heuchelei erweckte ihr Erstaunen und eine dunkle Furcht vor Nadinsky. Der livrierte Mensch ging und kam, schenkte den Sekt in die Gläser, und seine Miene zeigte ein albernes Bedauern, als sei er nur an täubchenhaftes Girren gewöhnt. Zum Schluß erhob sich Nadinsky unmutig und herrschte den Kellner an, er möge abräumen. Lukardis bittender Blick setzte ihn in Verwunderung. Er tat, als bereue er sein Ungestüm und schritt mit ausgestreckten Händen auf sie zu. Der Kellner grinste erfreut. Lukardis stand ebenfalls auf und schmiegte nun den Kopf an seine Schulter, aber nur, um ihm zuzuraunen, er dürfe nicht vergessen, für den nächsten Morgen den Wagen zu bestellen. Nadinsky nickte, wandte sich an den Diener und gab den Auftrag, der Wagen solle um die sechste Morgenstunde am Tor sein. Der Mensch verbeugte sich schweigend und wollte gehen.

Auf einmal erschallte ein durchdringender Schrei. Ein zweiter, ein dritter Schrei folgte. Lukardis faltete erschrocken die Hände, und Nadinsky blickte unruhig zur Tür. Der Kellner hatte die Tür geöffnet; er trug eine metallne Platte und hielt die Tür offen. Ein halbnacktes Frauenzimmer stürzte vorüber. »Die Tür schließen«, hauchte Lukardis wie entseelt. Da krachte ein Schuß. Das schauerliche Brüllen eines Mannes erfüllte das ganze Haus. Nadinsky schob den Aufwärter über die Schwelle und schlug die Tür zu. Ein paar Minuten lang blieb es still, dann ging's treppauf, treppab in schnellen, bestürzten Schritten. Stimmen murmelten, eine befehlende Stimme klang von unten, eine jammernde antwortete von oben. Darnach kam ein so herzzerreißendes Schluchzen, daß Lukardis händeringend zur Ottomane lief und sich, das Gesicht vergrabend, darauf niederwarf. Auch auf der Straße schien es nun lebendig zu werden. Es wurde ans Tor gepoltert. Man hörte deutlich die Stimme eines Polizisten. Im Flur tönten Schritte, als ob jemand vorbeigetragen würde. Der Diener kam herein; mit zerknirschtem Gesicht wandte er sich an Nadinsky und sagte: »Ich bitte Eure Exzellenz ganz unbesorgt zu sein, ich bitte die Dame, sich zu beruhigen. Es ist ein unbedeutendes Malheur passiert. Eure Exzellenz werden nicht mehr gestört werden.« Darauf verschwand er. Nadinsky trat zu Lukardis, setzte sich neben sie und streichelte mit bebenden Händen ihr Haar. Zusammenschauernd bei seiner Berührung, erhob sie den Kopf und verbot ihm, dies zu tun. Er entfernte sich von ihr und war des Lebens überdrüssig. Sturm rüttelte an den Fenstern, und plötzlich, wie zum Hohn, erschallte wieder das Klavier, derselbe Walzer wie gestern mit derselben zahnlückigen Melodie. Aber lag nur ein Tag dazwischen, nur ein Tag und eine Nacht? Waren nicht Jahre seitdem verflossen? Hatten diese Jahre nicht alle Bilder und Stimmungen des Daseins vorübergetragen, Lust und Schmerz, Glanz und Armut, Erwartung und Enttäuschung, Gewinn und Verlust, Traum und Tod? Und war dies schon das Ende? Stand nicht eine Nacht bevor, eine unendliche, geheimnisvolle Nacht? Nadinsky war es zumute, als ob er seit jenem Augenblick, wo er die Barrikade erstiegen und die Wunde erhalten hatte, in eine neue Existenz mit bisher unbekannten Bedingungen und Forderungen getreten sei, als ob die frühere Existenz mit allen ihren Beziehungen von ihm losgelöst sei und als ob er in dieses Haus gekommen sei, um sein eigentliches Schicksal auf sich zu nehmen, von Vergangenheit und Zukunft geschieden, ja ohne Brücken dahin und dorthin.

Beklommen und erregt fiel er auf sein Bett. Nach einer Weile kam Lukardis. Es war kein Licht im Zimmer, nur im

Speisezimmer brannten die Lampen. In den Spiegeln dehnten sich die Räume grau und unbestimmt. Lukardis sah nach, ob noch Wasser da war; der eine Krug war noch voll, und nachdem Nadinsky sich entblößt, wusch sie die Wunde. Während sie aus ihrer Handtasche das frische Verbandzeug nahm, fiel ein Buch heraus, und als Nadinsky verbunden war, bat er, sie möge ihm vorlesen. Sie setzte sich auf einen Stuhl und las aus dem Buch vor. Es waren Lermontows Gedichte. Nur wenige Minuten hatte sie gelesen, da fielen ihre Arme schlaff nieder, der Kopf sank zur Seite, und der Schlaf überwältigte sie. So ohne Widerstand und Übergang entschlummern Kinder; Nadinsky hütete sich vor jeder Bewegung; seine Blicke hingen an ihrem Antlitz, und es war ihm, als müsse sein eigenes Gesicht an jedem Wechsel des Ausdrucks teilnehmen, welchem ihre Züge unterworfen waren. Wunderbarer Friede kam in sein Gemüt. Er streckte die Glieder und atmete wie in der Luft eines Gartens. Nun regten sich ihre Lippen. Sie flüsterte, sie lächelte zärtlich, die Hände ballten sich, und das Buch fiel von ihrem Schoß auf den Teppich. Sie erschrak, öffnete die Augen, ein entsetzter Blick flog durch das halbdunkle Zimmer, dann schlief sie weiter. Doch nun schien die Gewalt des Schlafes immer größer zu werden, der Oberkörper verlor das Gleichgewicht, sie wäre zu Boden geglitten, wenn sie Nadinsky nicht in seinen Armen aufgefangen hätte; er umschlang ihre Schultern und legte die Schläferin vorsichtig quer über sein Bett. Ihre Beine blieben auf dem Sessel liegen, ihr Kopf ruhte auf seinen Oberschenkeln, ihre Arme waren über dem Haupt gekreuzt, die Brust hob und senkte sich in starken Rhythmen. Allmählich fühlte sich Nadinsky beschwert, das Blut in den Schenkeln stockte, und er hatte Mühe, so regungslos zu bleiben wie am Anfang. Er ließ sich langsam auf die Kissen zurückfallen, schob die Hände unter die Decke und unter den Rücken des Mädchens und versuchte, die Schlummernde auf diese Art zu stützen. So gelang es ihm, sich Erleichterung zu schaffen; einmal trugen die Arme, einmal die Schenkel und Knie die Last. Dabei empfand er eine glühende Freudigkeit, nicht nur, weil er ihr die Sorgfalt und Mühe vergelten konnte, sondern auch, weil sie so dicht bei ihm war, so nahe als Kreatur, so unbedingt in seiner Hut. Oftmals betrachtete er sie, gedankenvoll entzückt, und ihr Leben, ihr Schlaf, ihr unbewußtes Dasein, die Gliederung des Menschenkörpers, an dem jede Linie eine sinnvolle Schranke gegen das Chaos der Welt bildete, gab ihm ein unendlich beglückendes Gefühl der wiedergewonnenen Herzenskraft.

Stundenlang hatte sie geschlafen, als die Trommel einer auf der Straße vorübermarschierenden Militärpatrouille sie erweckte. Nadinsky hatte sich eben zum Sitzen aufgerichtet, da begegnete er ihrem Blick, in dem sich eine dumpfe Verwunderung malte. Zuerst schienen die Augen heiter strahlen zu wollen, dann hüllten sie sich in Schleier der Scham; sie stieß einen hellen, kleinen Schrei aus, sprang empor, und ihr Gesicht war wie mit Blut übergossen. Sie drückte die Hände gegen die Brust und sah stumm vor sich nieder. Ihre Befangenheit schwand nicht, auch als Nadinsky mit ihr sprach. Er zwang sich gleichgültige Worte ab, erkundigte sich nach dem Wetter und nach der Zeit. Sie antwortete zerstreut, und ihre Miene war bald scheu und ängstlich, bald dankbar und heimlich fragend. Zum letztenmal wusch und verband Lukardis die Wunde Nadinskys, und während sie es tat, hatte sie Mühe, ihre Fassung zu bewahren; die Welt draußen erschien ihr wie der aufgesperrte Rachen eines Tieres. Die Uhr zeigte ein Viertel vor sechs, sie mußten ihre Vorbereitungen treffen. Nadinsky war immer stiller und stiller geworden; als er angekleidet zu Lukardis ins Nebenzimmer trat, war er sehr blaß. Er setzte sich an den Tisch. Lukardis setzte sich gleichfalls ihm gegenüber; sie hatte den Hut auf, den Pelzmantel an, und die Handtasche stand zu ihren Füßen. So warteten sie stumm, mit abgekehrten Blicken, bis es Zeit war, daß sie gehen konnten.

Endlich vernahmen sie von der Straße her das Knattern von Wagenrädern, und bald darauf klopfte es an die Tür. Der Kellner trat ein, diesmal ohne Livree; er trug einen verschmierten Schlafrock, die Haare hingen ihm in öligen Bündeln über die Stirn, und sein Gesicht war mürrisch und böse. Er präsentierte die Rechnung, Nadinsky zahlte, gab auch gleich das Fahrgeld für den Kutscher, dann gingen sie hinab. Zwei Eimer voll Kehricht standen am Fuß der Treppe, und auf der Torschwelle lag ein schwarzer Hund, der ihnen schnuppernd bis zum Wagen folgte. Kein Mensch war in den Gassen zu sehen, schweigend fuhren sie den langen Weg.

In einem der inneren Räume des Bahnhofs stand Anastasia Karlowna an einer Säule. Sie begrüßte die beiden und fragte nach Nadinskys Befinden. Dann übergab sie ihm den Paß und einen Koffer, der die notwendigen Gegenstände für die Reise enthielt. Sie eilten auf den Perron, und Nadinsky stieg in das Coupé. Nach einigen Minuten kam er wieder heraus, schritt auf Lukardis zu und reichte ihr die Hand. Eine unbesiegbare Schwäche im Nacken verhinderte sie, den Kopf zu heben und ihm das Gesicht zuzuwenden. Dann ergriff er noch ihre andere Hand, die linke mit seiner linken, und die vier Hände lagen beieinander wie Glieder einer geschmiedeten Kette. So verharrten sie einen Augenblick und erschienen sich selbst als Figuren in einem Traum. Anastasia Karlowna machte warnende Zeichen, da kehrte Nadinsky mit schleppendem Gang zum Waggon zurück und klomm die Treppe hinauf. Er trat ans Fenster, in dessen schwarzer Umrahmung und im Grau des Nebels war sein Gesicht ein kreideweißer Fleck. Nun ertönte die Pfeife, und langsam rollte der Zug aus der Halle.

Als Lukardis nach Hause kam, fand sie ihre Mutter in Tränen aufgelöst. Die Frau hatte nicht gewagt, ihrem Gatten von dem Brief der Tochter Mitteilung zu machen und ihm deren Verschwinden durch mühevolle Listen verheimlicht.

Es gab eine sonderbare Auseinandersetzung zwischen Lukardis und der Mutter, eine Szene, bei der die taubstumme Frau in der erregtesten und flehendsten Weise gestikulierte, während das Mädchen nur den Kopf schüttelte und mit keinem Laut, keiner Gebärde sonst antwortete. Allmählich wurde die Generalin von einer heftigen Sorge um Lukardis ergriffen, die sich in Bestürzung verwandelte, als Lukardis sich beharrlich weigerte, den Staatsrat Kussin zu sehen, der für einige Tage nach Moskau gekommen war. Auch der Zorn des Vaters fruchtete nicht, sie sah nur still und ohne zu sprechen vor sich nieder. Die Verlobung mußte gelöst werden, und beflissener noch als zuvor wich Lukardis den Menschen aus, den Freunden, den Fremden, der Mutter, dem Vater, den Schwestern. Sie war ganz in sich gesunken, ganz verwandelt, und da die Ärzte den Rat erteilten, sie auf Reisen zu schicken, ging die Generalin mit ihr nach Paris, später ans bretonische Meer. Eines Nachts überraschte die Mutter sie, wie sie auf den Fliesen der Terrasse ihres Zimmers lag, die Hände hinter dem Kopf verschränkt und mit weit geöffneten, unbeschreiblich strahlenden Augen in den gestirnten Himmel schaute. Der Ausdruck ihres Gesichts zeugte von einer grenzenlosen, den meisten Menschen unbekannten Einsamkeit.

Nadinsky blieb verschollen. Einige Leute behaupteten, er lebe auf einer Farm im westlichen Kanada. Niemals hat Lukardis seinen Namen erfahren, niemals er den ihren.

Golowin

Der halbe Mai war mit der Reise von Tula in den Kaukasus vergangen. Am siebzehnten kam Maria von Krüdener in Kislawodsk an, wo sie Nachrichten von ihrem Gatten zu finden hoffte. Er war bei Ausbruch der Revolution an die englisch-russische Front nach Persien geflüchtet. Seit fünf Monaten hatte sie kein Lebenszeichen von ihm.

Unfern von Kislawodsk war die Besitzung seines Bruders, des Marschalls. Ihm hatte Alexander Botschaft senden gewollt, wenn die andern Wege der Mitteilung versperrt waren.

Mit ihren vier Kindern und drei Dienerinnen bezog sie Wohnung im Palasthotel. Das jüngste Kind lag noch an der Brust; sie nährte es selbst. Es war drei Monate nach der Trennung von Alexander geboren; hätte sie vorher nicht begriffen, was ein Pfand bedeutet, jetzt wußte sie es.

Beklemmend stand das ungeheure Gebirge da. Sie konnte nicht schwelgen in seinem Anblick, es war zu sehr Mauer, und Mauer hinter Mauer bis zum ewigen Schnee hinauf. Wie sollte man da entrinnen? Schlimm, was gewesen war; das Blut hatte sich noch nicht beruhigt. In der ersten Nacht träumte sie, Fäuste, ein Gewirr von Fäusten strecke sich ihr entgegen, und jede Faust hatte Mörderaugen. Die Schnittwunde am Arm ließ die Szene im Eisenbahnwagen nicht vergessen, als tierisch betrunkene Soldaten das Coupéfenster zerschmetterten; acht Menschen waren in dem Abteil eingepfercht und Berge von Gepäckstücken, alles Hab und Gut, das man aus Tula hatte fortschaffen können. Die Kinder schrien auf, als zwei Kerle schnaubend an der Tür rissen und andere johlend nachdrängten; Dymow war in einen Waggon nebenan gegangen, um ein Fleckchen zu finden, wo er endlich eine Stunde schlafen konnte. Maria hatte den ersten Hieb aufgefangen und war blutend unter die Leute getreten. Sie wichen zurück, zu ihrer eigenen Überraschung, und senkten scheu die Augen, als ströme eine Magie von ihr aus. Es war ihr selbst so zumute; sie glaubte an eine in ihr verborgene Magie.

Dennoch wäre sie ohne Dymow verloren gewesen. Iwan Dymow hatte als Schreiber bei Gericht gedient; einfacher

Mensch aus dem Volk, hatte ihn die Revolution hinaufgehoben, er hatte Macht erlangt, die er aber nicht mißbrauchte. Als Gutsherrin hatte ihm Maria, schon Jahre vorher, menschliches Wohlwollen bezeigt und während einer Krankheit seinem Weibe Hilfe geleistet. Sie dachte nicht mehr an ihn, aber in der Stunde der Gefahr kam er von selbst. Er besorgte Pässe, bestach den Soldatenrat, wußte den Argwohn der Bauern abzulenken, denen die Herrin eine wichtige Geisel war, räumte alle Schwierigkeiten für die Reise hinweg, machte den Spion, den Aufpasser, den Lastenschlepper, den Bürgen, mit immer gleicher schweigender Ehrerbietung gegen Maria. Als er sich in Kislawodsk von ihr verabschiedete, fragte sie bewegt, arm an Worten sogar sie, womit sie ihm danken könne, sie fühle sich tief in seiner Schuld. Er antwortete: »Ich werde mich glücklich schätzen, Maria Jakowlewna, wenn Sie mir manchmal schreiben, wie es Ihnen und den Kinderchen weiter ergangen ist.«

War dies nicht auch Teil und Frucht jener Magie?

Als Dame der ersten Gesellschaft, Frau eines Offiziers, Trägerin eines großen Namens, wurde sie von den Gästen des Hotels mit Freuden begrüßt und mit Auszeichnung behandelt, obwohl man wußte, daß sie von deutscher Herkunft war und Russin erst seit ihrer Heirat.

Nun war sie wieder, nach langer Enthaltung, unter den Menschen ihrer Sphäre, in der Region von Heiterkeit und umgrenzter Übereinkunft, die ihr früher so gemäß und erwünscht gewesen war. Aber sie merkte bald, daß nur noch eine äußerliche Zugehörigkeit bestand und daß die Jahre, die sie auf dem Gut verbracht, erst mit Alexander und dann allein, und wenn auch allein, so doch noch unter seinem Gesetz und seiner Führung, sie an ein anderes Maß und eine andere Benützung der Zeit gewöhnt hatten. Auch konnte hier niemand in seinem Bereich verbleiben; die Elemente waren bedenklich gemischt, und dies zu verhindern war unmöglich, weil gemeinsames Schicksal alle zueinander trieb. Das Haus, der ganze Ort, ehemals ein Treffpunkt der Aristokratie und Schauplatz des erlesensten Luxus, glich einer Insel der Schiffbrüchigen und beherbergte lauter Flüchtlinge mit ihrer letzten Habe und letzten Hoffnung, Großfürsten und Kammerherren neben Spekulanten und Journalisten, Frauen der exklusivsten Moskauer und Petersburger Kreise neben Koketten und Kleinbürgerinnen, die im Krieg zu Reichtum gelangt waren. Sie waren der Hölle entronnen, aber sie wußten, daß ihnen bloß eine Galgenfrist geschenkt war. Sie zitterten vor der Zukunft, aber sie praßten und feierten Feste. Sie hörten von Hinrichtungen ihrer Väter, ihrer Brüder, ihrer Freunde, aber sie betäubten sich im Hasard und tanzten Tango und Onestep.

Einen verläßlichen Mann zu finden, den sie mit einem Brief auf das Gut des Marschalls schicken konnte, war Marias Bemühung sogleich. Zu ihrer Freude erfuhr sie, daß Josef Menasse in Kislawodsk sei, er hatte von ihr ebenfalls gehört und kam, sich zu ihrer Verfügung zu stellen. Er war Prokurist eines großen Odessaer Bankhauses, mit welchem Alexander von Krüdener geschäftliche Verbindung gehabt hatte. Da sie sich erinnerte, aus Alexanders Mund hie und da das Lob von Menasses Redlichkeit vernommen zu haben, war ihr Vertrauen sogleich unbedingt und auch in der Folge nicht zu erschüttern. In lebhaften Ausbrüchen klagte er ihr sein Unglück; einer wichtigen Transaktion halber war er vor mehreren Wochen hergekommen; am Tage, wo er hätte abreisen sollen, fuhren keine Züge mehr, und jeder Versuch, den Ort zu verlassen, hieß das Leben gefährden. Maria hörte ihm teilnehmend zu, und erst als er sich erschöpft hatte, sprach sie von ihrer Angelegenheit. Er überlegte, sagte, er werde Umschau halten, und drei Stunden später erschien er mit einer Tscherkessin, die er trocken und kategorisch als die zu dem Zweck taugliche Person empfahl.

Der Marschall hatte seinerzeit die Heirat des jüngeren Bruders mißbilligt. Es war zum Bruch zwischen den Brüdern gekommen, der Marschall zeigte sich unversöhnlich und hatte sich starr geweigert, Maria zu sehen. Man meldete ihm die Geburt der Kinder, er nahm keine Notiz davon. Alexander hatte es ertragen, ohne zu murren, und ließ auch in Maria keinen Unmut Wurzel fassen, denn er beugte sich vor dem Bruder als einem überlegenen Charakter, dessen Handlungen und Entschlüsse er von seiner Kritik ausschaltete. Er beugte sich, damit war alles gesagt und auch in Maria jeder Widerspruch erstickt. Bei Ausbruch des Krieges hatte der Marschall in einem Privatschreiben an den Zaren seine Ämter tind Würden niedergelegt, da nach seiner Überzeugung der Krieg gegen Deutschland zum Verhängnis für Rußland werden mußte. Er hatte im japanischen Krieg glänzende Leistungen vollbracht, und schon deshalb war dieser Schritt keiner üblen Deutung ausgesetzt. Nun lebte er in äußerster Zurückgezogenheit und beschäftigte sich, leidenschaftlicher Hegelianer, mit profunden philosophischen Studien.

Wie sich Menschen gegen sie verhielten, war Maria gleichgültig, wenn sie ihrerseits an ihnen Freude haben oder sie ehren konnte. Würde stand ihr über den täuschenden Einflüsterungen der Sympathie. Dazu hatte Alexander sie erzogen. In vielen Gesprächen vieler Nächte hatte er ihr bewiesen, daß das Prinzip der Vergeltung die Quelle alles Bösen sei. In der Befolgung seiner Lehre war sie zu der ihr eigentümlichen geistigen Konstanz gelangt. Der Brief an den Marschall war ein Meisterstück unbefangener Werbung.

So wartete sie, wartete auf Alexanders Wort und Weisung von dorther und ahnte doch die Vergeblichkeit schon. Um sich zu zerstreuen, begann sie, den ältesten Sohn, den siebenjährigen Mitja, zu unterrichten, fand sich aber unzureichend, das Bedürfnis des Knaben heftiger als sie vermutet und suchte einen Lehrer für ihn. Ein Moskauer Bekannter nannte ihr einen Studenten, Jefim Leontowitsch Tatjanow, der in einem geringen Wirtshaus vor der Stadt wohnte. Sie ließ ihn kommen und engagierte ihn. Er war im Gefolge eines Industriellen als Sekretär oder dergleichen gereist; unterwegs waren der Mann und die meisten seiner Leute von einer herumziehenden Bande von Soldaten ermordet worden; nun saß Jefim Leontowitsch völlig mittellos in diesem Ort des Überflusses. Maria behandelte ihn mit Rücksicht und mit Achtung; dies schien ihm neu zu sein, und seine Dankbarkeit hatte etwas Kindliches. Er kam nicht nur zu den ausbedungenen Stunden, sondern widmete seinem Schüler alle freie Zeit; auch die beiden Kleinen, Fedja und Aljoscha, zog er durch seine einfache Güte an sich.

Eines Morgens war Aljoscha, der Mutter im Korridor vorauseilend, in der Hast in ein falsches Zimmer gerannt. Maria folgte ihm lachend; er stand bei einer majestätisch gewachsenen Dame, die ihr entgegentrat und ihr die Hand reichte. Es war die Fürstin Nelidow. Maria geriet in Verlegenheit, ihres Lachens halber, denn die Fürstin war in tiefer Trauer, und die Ursache war Maria bereits bekannt. Ihr Sohn, der dreiundzwanzigjährige Fürst Grigorji, Offizier in der kaiserlichen Marine, hatte sich vor wenigen Tagen bei einem Ausflug im Gebirge erschossen.

Die Fürstin, eine Frau Mitte der Vierzig, war noch sehr schön. Sie gab sich Maria gegenüber herzlich. Sie kannte Alexander von Krüdener von der Zeit her, wo er im Ministerium gewesen war, und sprach mit Wärme von ihm. »Ihre Gegenwart tut mir wohl«, sagte die Fürstin, »ich hoffe, wir werden uns häufig sehen.« Sie schlang ihren Arm um Aljoscha und streichelte ihm das Haar. »Heute abend feiern wir das Totenmahl für Grigorji«, fuhr sie fort; »kommen Sie doch; kommen Sie zu mir.«

Maria empfand Mitleid; nicht nur mit der Fürstin und ihrem besonderen Schicksal; das Mitleid mit allen diesen Menschen überflutete ihr Herz. Namentlich den Frauen galt ihr bedauerndes Gefühl; die sorglosen und glänzenden Wesen, bestimmt, sich zu schmücken, sich zu freuen, schienen ihr verloren.

Sie wollte gehen, aber die Fürstin hielt sie noch zurück. So schickte sie Aljoscha hinaus. Die Fürstin erzählte: »Hören Sie, was sich begeben hat. Es ist eine Person hier, sie wohnt im Hause, eine gewisse Lisaweta Petrowna. Sie behauptet, mit Grigorji verheiratet gewesen zu sein. Kurz vor seiner Abreise aus Sebastopol, behauptet sie, sei sie ihm angetraut worden. Sie hat keinerlei Dokumente, keine Bestätigungen, keinen Brief; die Papiere habe man ihr gestohlen, redet sie sich aus. Sie hat sich mir zu Füßen geworfen, hat mir die Hände geküßt und mich Mutter genannt. Den ganzen Tag sitzt sie oben in ihrem Zimmer und weint und schluchzt. Dann schickt sie wieder den Kellner mit Zettelchen: Erbarmen Sie sich, Fürstin, erbarmen Sie sich Ihrer Lisaweta Petrowna, erbarmen Sie sich. Ich kenne sie nicht. Ich weiß nichts von ihr. Grigorji hat nie mit einer Silbe ihrer erwähnt. Wir haben sie vorher nie gesehen. Ihre Angaben zu prüfen ist unmöglich. Was soll man da tun? Erbarmen, wie denn erbarmen? Wahrscheinlich hat sie kein Geld; nun, man wird ihre Rechnung bezahlen. Gestern spielte sich eine abscheuliche Szene ab. Sie kommt herein, setzt sich zu den andern und fängt an zu weinen. Meine Nichte Jelena steht auf und nennt sie eine Lügnerin. Lisaweta Petrowna ballt die Fäuste, wirft sich auf den Boden und verfällt in einen Schreikrampf. Man mußte sie mit Gewalt aus dem Zimmer schaffen. Heute früh hat man sie ohnmächtig auf Grigorjis Grab gefunden. Sie hat einen Selbstmordversuch gemacht, so heißt es. Jelena meint, es sei simuliert. Jelena ist außer sich, das arme Kind. Was soll man da sagen, was soll man tun?«

Maria beschloß sogleich, diese Lisaweta Petrowna zu besuchen, aber sie äußerte nichts von ihrem Vorsatz, sondern lenkte das Gespräch auf den jungen Fürsten und fragte nach Einzelheiten seines Lebens, ohne Neugier, mit einem zarten Durchblickenlassen des gemeinsamen Gefühls der Mütter. Die Fürstin willfahrte dankbar; es bedeutete Linderung für sie, indes Maria aus wenigen mitgeteilten Zügen ein Bild gewann. Sie saß still und aufmerksam vor der Fürstin, rauchte eine Zigarette und sah und sah. Die Gabe des inneren Gesichts wurde manchmal Last, und doch schien es ihr wunderbar, viel zu wissen von den Menschen. Als sie sich verabschiedete, sagte die Fürstin: »Mir ist, als seien wir seit Jahren befreundet.« Maria lächelte.

Im Verlauf des Tages erlangten die beunruhigenden Gerüchte Gestalt, und zwar drohendste. Kislawodsk war von den Revolutionstruppen umzingelt. Mitja sagte mit dem stolzen Trotz, der an seinen Vater erinnerte: »Nicht wahr, Mama, wir werden unser Leben so teuer wie möglich verkaufen?« Sie erwiderte: »Ja, mein tapferer Liebling.« – »Schade, daß Iwan Dymow nicht mehr bei uns ist«, seufzte er. Aber sie tröstete ihn. »Erstens bist du ja selbst ein Held, und dann vergißt du, daß wir Jefim Leontowitsch haben.« Mitja schaute den Studenten prüfend an, dieser errötete und sagte mit einem Blick scheuer Ergebenheit auf Maria: »Sie haben nur zu befehlen. Befehlen Sie, und ich gehorche.« Es lag ein Ernst und eine Festigkeit in den Worten, die Maria veranlaßten, ihm die Hand hinzustrecken, die er demütig mit den Lippen berührte.

Was sollte mir zustoßen können, dachte sie, da gute Menschen um mich sind?

Als sie sich am Abend den Nelidowschen Gemächern näherte, drang ihr Gelächter, Johlen, Pfropfenknallen, Gläserklirren entgegen. Eine Streichmusik spielte eine brutal-wilde russische Melodie. Sie öffnete die Tür zum Salon; zehn oder zwölf junge Männer, Anverwandte der Familie, saßen um eine Tafel, zechten, sangen, rauchten; bisweilen erhob sich der eine oder andere und warf den Musikanten Rubelscheine zu. Maria ging in das nächste Zimmer; hier befanden sich einige ältere Herren und Damen, aber auch ein junges, etwa achtzehnjähriges Mädchen von blendender Schönheit. Sie hatte kurzes gelocktes Haar, eine Haut von opalisierender Blässe und gelbliche, große, unsehende, strenge Augen. Fasziniert blieb Maria stehen. Da wurde sie von der Fürstin Nelidow gerufen, die in ihrem Schlafzimmer allein saß. »Ich habe auf Sie gewartet«, sagte sie, als Maria eintrat; »setzen Sie sich zu mir, sprechen Sie; ich höre Ihre Stimme gern.«

Vom Salon herüber, wo so expressiv das Totenmahl gehalten wurde, tönte ein klagender Chorgesang.

In ihrem Bestreben, den abgeirrten, in Trauer verirrten Sinn der Fürstin zu erwecken, kam sich Maria wie jemand vor, der sich in einem fremden, finstern Raum zurechtzufinden sucht. Die Fürstin schaute sie beständig an, aber nur nach und nach belebte Verstehen den Blick. Maria erzählte von der Einsamkeit der letzten Monate auf dem Gut, von Wanjas Geburt und wie sich während der Schmerzensnacht die Sehnsucht nach Alexander zur Gestalt verdichtet habe, so täuschend, daß sie jeden Schrei erstickt habe, um ihm nicht zu mißfallen. Bei allem, was sie getan und gedacht, sei er unsichtbar richtend gegenwärtig gewesen. Sie erzählte von ihrem Verkehr mit den Bauern; von dem Geist der Widersetzlichkeit und der Feindschaft, der plötzlich in alle gefahren sei; auch die Sanftesten und Verständigsten hätten versagt. Eines Tages hatten sie ihr Besitzrecht an dem Wald verkündet; der Wald sollte abgeforstet und verkauft werden. Sie habe unterhandelt; vergebens; ihnen ins Gewissen geredet; vergebens; da sei sie allein mit den ältesten in den Wald gegangen, wo die schlimmsten Aufrührer schon begonnen hatten, die Stämme zu fällen. Einem von diesen habe sie das Beil entrissen und

74

ihm zugerufen: Keinen Schlag mehr! Sie habe ihnen vorgestellt, was für eine Sünde sie begingen; wie sie sich an Heiligem vergriffen, an Lebendigem, und wie sie das Gedächtnis ihres Herrn schändeten, der gerecht und gütig gegen sie gewesen sei. Viele hätten gemurrt, viele hätten aber geschwiegen und zur Erde geblickt. Sie habe ihnen gesagt, ein Baum sei eine Kreatur Gottes wie jeder von ihnen, und dieses seien junge Bäume, in Liebe gepflanzt und gehegt, zur Nutznießung bestimmt für ihre Kinder und Kindeskinder und noch nicht reif für die Axt. Ob sie Gottes Kreaturen verschachern wollten um elendes Geld? Dann sollten sie doch auch sie selber verschachern, dann wollte sie ihre Herrin nicht mehr sein, und sie werde nicht vom Platze weichen, ehe sie ihr nicht in die Hand gelobt, daß sie den Wald würden unversehrt lassen, oder sie müßten sie selber niederschlagen. Darnach hätten sie sich beraten, und die ältesten seien zu ihr gekommen und hätten ihr in die Hand gelobt, dem Wald sollte kein Fäserchen gekrümmt werden und sie bäten sie um Vergebung ihrer Sünde. So habe sie damals den Wald gerettet; ob er jedoch heute noch stehe, das getraue sie sich nicht zu sagen.

Die Fürstin nahm Marias Hand und drückte sie. »In diesem Land leben heißt jede Stunde dem tückischsten Ungefähr ausgeliefert sein«, sagte sie; »oder ist das überhaupt die Eigenschaft des Lebens, und wir wußten es nur bisher nicht, wir Begünstigten? Mir ist jetzt manchmal so bang. Ich persönlich habe ja nicht mehr viel zu verlieren, aber mir ist so bang um alle, die ich sehe, bang um das Volk, um die ganze Menschheit, wenn auch die Mehrzahl nichts als Böses schafft.«

»Es kommt wahrscheinlich auf die Mehrzahl nicht an«, erwiderte Maria; »es kommt immer bloß auf den einzelnen an, glaube ich. Der einzelne ist oft wie der wundertätige Tropfen Medizin, der einen vergifteten Organismus heilt. Immer geht von einem das Licht aus. In Tula mußte ich mit meinen Kindern Quartier im Hotel nehmen; der Zug nach dem Süden fuhr nur zweimal in der Woche. Gleich in der ersten Nacht war Alarm. Das Hotel war von Soldaten besetzt worden, und alsbald wurde der Befehl ausgegeben, alles Bargeld sei unverzüglich abzuliefern, niemand dürfe das Zimmer verlassen, um acht Uhr morgens werde eine scharfe Nachsuchung sein und jeder, bei dem dann noch irgendeine Summe sich finde, werde standrechtlich erschossen. Bedenken Sie meine Lage; ich hatte achtzigtausend Rubel am Leibe vorborgen, alles was ich hatte flüssig machen können; wenn man es mir nahm, war ich samt den Kindern so gut wie verloren. Meine Dienerinnen und den treuen Begleiter hatte man von mir entfernt, vor dem Zimmer stand eine Wache, das Geld im Zimmer zu verstecken war aussichtslos, ich wußte ja, wie gründlich diese Leute zu verfahren pflegten, es blieb also nichts übrig, als abzuwarten, was mit mir geschehen würde, denn das Geld freiwillig herzugeben, daran dachte ich keinen Augenblick. Von drei Uhr nachts bis halb zehn Uhr morgens ging ich unaufhörlich im Zimmer auf und ab; Furcht empfand ich keine; in meiner Absicht wankend wurde ich nicht; eine klare Vorstellung von dem, was meiner harrte, war ebenfalls nicht in mir; fest stand einzig und allein, daß ich mich und meine vier Knaben aus dieser Gefahr zu retten habe, daß das meine Pflicht sei und daß es auch gelingen werde. Um neun Uhr betraten drei Soldaten, ein Unteroffizier und ein Weib das Zimmer der Kinder nebenan. Die Knaben wurden aus dem Schlaf gezerrt, die Möbel, die Betten, die Dielen, die Wände, die Vorhänge, die Koffer aufs genaueste durchsucht. Ich ging hinein. Ich sah mir die Leute an. Finstere Gesichter, unmenschliche Stirnen, da schien keine Hoffnung. Einer wies mich barsch hinaus; einer folgte mir ein paar Schritte, um die Tür zu schließen. Wie ich den Kopf zurückwende, ist es mir, als sei in den Augen dieses Menschen ein Etwas, ein gewisser Schimmer, etwas unnennbar Fernes von Weicherem als bei den andern. Er hatte rote, kurze, borstige Haare, die Haut besät mit Sommer-sprossen, und hinter seinen wulstigen Lippen waren Zahnlücken und schwarze Zähne. Aber mich durchbebt es; in der Eingebung eines Moments winke ich ihm. Stumm tritt er näher. Ich reiße die Knöpfe des Kleides auf, nehme das Paket mit den achtzig Scheinen heraus und gebe es ihm in die Hand. ›Fünf Menschenleben sind in deiner Hand‹, sagte ich zu ihm, ›jetzt mache, was du willst.‹ Ohne mit der Wimper zu zucken, steckt er das Paket in die Rocktasche und verschwindet. Die andern kommen gleich darauf in mein Zimmer. Wie drüben wird alles um und um gewühlt, Wäsche, Kleider, Schuhe, jede Ritze, jede Schublade unter-sucht. Dann bleibt das Weib allein bei mir, ich muß mich entkleiden. Auch das ging vorüber, und sie entfernt sich. Eine Viertelstunde danach, das Herz hatte mir die ganze Zeit bis in die Fingerspitzen geschlagen, erscheint der rothaarige Soldat im Zimmer, horcht eine Sekunde, zieht das unversehrte Rubelpaket aus der Tasche und überreicht es mir schweigend. Ich stammle ein paar Worte, fas-sungslose, dankverwirrte; ich frage, was ich für ihn tun könne; ihm Geld anzubieten hatte etwas Unsinniges, da er mir ja achtzigtausend Rubel schenkte. Er schüttelt den Kopf und sagt: ›Machen Sie sich keine Gedanken darüber, Müt-terchen. Es ist leider so, daß wir in Blut und Sünde stecken bis an den Hals. Vielleicht läßt mir Gott jetzt ein wenigs nach. Vielleicht legt er das auf die andere Schale.‹ Damit geht er. Und ich, es ist ein Zustand von Scham, in dem ich mich befinde, als hätte ich mich an dem Menschen vergan-gen durch die Angst und die Zweifel vorher.«

Während der letzten Worte noch war die schöne junge Person eingetreten. Sie ging auf die Fürstin zu und sagte mit einer Stimme wie aus Glas und zitternd vor Zorn: »Stepan Fedorowitsch erzählt eben, daß er diese Lisaweta Petrowna von Petersburg her kenne. Sie sei in einem Kabar-ett als Coupletsängerin gewesen und im übrigen, nun, das kann man sich ja denken. Sie sehen also, Tante, daß Sie einer Betrügerin zum Opfer gefallen sind und daß es nur lächerlich wäre, sich weiter um sie zu kümmern.«

»Meine Nichte Jelena«, stellte die Fürstin vor und nannte auch Marias Namen. Diese lächelte in schweigendem Wohlgefallen an der Erscheinung der jungen Fürstin.

»Sie ist ohne Kopeke, das elende Frauenzimmer«, fuhr Jelena erbittert fort; »der Hoteldirektor hat bereits gestern gedroht, sie auszulogieren. Und was die Komödie an Grigorjis Grab betrifft, die darauf berechnet war, Sie, Tante, hinters Licht zu führen, so hat die Kugel nur die Haut gestreift, am linken Arm; sehr vorsichtig. Pfui, was für eine unappetitliche Geschichte!«

»Aber wenn nur ein Fünkchen Wahrheit darin ist, müssen Sie Nachsicht haben, Jelena Nikolajewna«, sagte Maria.

Jelena erbleichte. »Wie kann sie es wagen«, rief sie und schüttelte sich vor Widerwillen; »abgesehen davon, daß sie für ihre verleumderische Erfindung auch nicht den Schatten von Beweis aufbringen kann, bestehen auch innere Gründe, ja innere Gründe ...«, sie preßte die Lippen zusammen und stand noch schlanker, in noch angespannterer Haltung da als bisher; »darf man es geschehen lassen, daß sie Grigorjis Bild besudelt? Was verlangen Sie? Warum ergreifen Sie Partei?«

»Ich ergreife nicht Partei«, entgegnete Maria, die plötzlich den unbestimmten Eindruck hatte, als sei Schuld und Verstellung in dem jungen Mädchen, »ich wollte nur verhüten, daß Sie vorschnell urteilen. Seien Sie mir nicht böse.« Sie erhob sich und ging.

Vor ihrem Zimmer schritt Menasse auf und ab. »Das Hotel ist umstellt und bewacht«, redete er sie sogleich an, »vor den Ausgängen stehen lauter bis an die Zähne bewaffnete Kerle. Es ist bei Todesstrafe verboten, nach Anbruch der Dunkelheit das Haus zu verlassen. Auf wessen

Befehl, weiß vorläufig niemand. Ob man uns schützen will, oder die Mausefalle nur zuklappt, damit keiner entrinnt, weiß niemand. Die Sache wird ernst, es geht an den Kragen.«

Er öffnete eigenmächtig die Tür ihres Zimmers, und zögernd wurde er durch eine Erinnerung an gute Manieren bewogen, ihr den Vortritt zu geben. »Passen Sie auf«, begann er wieder mit seiner komischen Vertraulichkeit, »zu warten, bis man uns an die Mauer stellt und die Hirnschale kaputt schießt, ist Blödsinn. Wer sich nicht aus dem Staub macht, hat sich selber zuzuschreiben die Folgen. Ich habe einen Plan. Sie gefallen mir, die Kinderchen dauern mich, Ihren Mann verehre ich, das ist ein Gentleman durch und durch, und wenn ich mich seiner Familie nicht annähme in der Not, wäre es eine Gemeinheit von mir. Ich habe einen Plan, wie gesagt. Die Vorbereitungen sind bereits getroffen. Allerdings wird die Geschichte viel Geld kosten, aber wo's ums Leben geht, hört sich die Billigkeit auf.«

Er schaute sich unruhig um, hastete zur Tür, lugte durch einen Spalt hinaus, kam wieder auf Maria zu und fuhr mit heiser gedämpfter Stimme fort, es werde so gottlos viel Geld kosten, daß nur eine ganze Kompanie dafür aufkommen könne. Er habe bereits einige Leute ins Auge gefaßt, an denen ihm gleichfalls gelegen sei, Leute, um die es gleichfalls schade wäre; er habe ihnen von seiner Absicht gesprochen, und sie hätten ihm Blankovollmacht erteilt. Ob Maria sich anschließen wolle? Ob sie bereit sei, sich seinen Anordnungen blindlings zu fügen? Nur bei strammer Disziplin sei Gelingen möglich. Er habe alles genau überlegt; das Wagnis sei groß, aber alles sei besser, als sich hier abschlachten zu lassen, und in Gottes Hand stehe man schließlich überall.

Er war klein, beweglich wie ein Gliedermann, ein bißchen schief gewachsen, mit Augen, die fast ohne Wimpern und Brauen waren, stutzerhaft gekleidet, als käme er frisch aus dem Modemagazin, und von dem Gefühl seiner zentralen Wichtigkeit durchdrungen.

»Gut, Herr Menasse«, sagte Maria nach kurzem Besinnen, »ich will mich Ihnen anvertrauen. Wir sind acht Menschen, wie Sie wissen; auch meine drei Dienerinnen müssen mit. Das ist die Bedingung, die ich meinerseits zu stellen habe.«

Menasse zuckte die Achseln. Das erhöhe für sie nur die Spesen, bemerkte er geschäftlich. Mehr als sechzig nehme er nicht an. Jetzt seien es siebenundvierzig Personen. Erforderlich an Kapital sei ungefähr eine halbe Million Rubel, es könnten aber Umstände eintreten, durch welche die Summe bedeutend vergrößert würde. »Vor allem ist notwendig, zu schweigen«, schloß er; »es werden sich in den nächsten Stunden ereignen schlimme Dinge, aber verhalten Sie sich still und rühren Sie sich nicht, bis ich Ihnen wissen lasse, was Sie zu tun haben. Von heute an bin ich Ihr General; da heißt es Subordination, und zwar auf den Wink. Gute Nacht.«

Maria sah ihm verwundert nach, wie er aus dem Zimmer schoß, säbelbeinig, kurzhalsig, stiernackig, geladen mit Energien. Sie trat aufatmend ans offene Fenster. Der beinah volle Mond schwamm in einem Meer von Frieden. Schwarze Körper wölbten sich die Hügel und Berge hinan zu den feierlichen Riesen, deren Konturen im bläulichen Äther zitterten. Tauige Feuchtigkeit lag in der Atmosphäre, alles Dunkel strebte nach dem Silberlicht, die Brust der Erde, mit stummen Seufzern, hob sich gegen die unerreichbaren Regionen. Maria hätte beten mögen, freudige Inbrunst war in ihr, aber das Haus mit all den angstvoll pochenden Herzen, mit all der menschlichen Verworrenheit und Finsternis streckte Arme nach ihr, und ihr war, als sinke sie zurück. Eine Uhr schlug zwölf, da klopfte es leise an die Tür; ohne zu erschrecken rief Maria; die Fürstin Nelidow trat ein. Sie trug einen Schleier über den Haaren; so leise, wie sie geklopft, ging sie auf Maria zu, mit bittender Gebärde, fast wie eine Untergebene. Ob sie störe? Wolle sich Maria Jakowlewna zur Ruhe begeben, so werde sie gleich wieder gehen. Für sie selbst sei in diesen Tagen an Schlaf kaum zu denken. Sie legte beide gefalteten Hände zart auf Marias Schultern.

Nein, sie störe durchaus nicht, antwortete Maria, auch ihr sei Schlaf ein lästiges Vorhaben, ihr Inneres sei lauter Aufruhr und Widerklang von vielen Stimmen. Sie setzten sich. Die elektrische Lampe auf einem Ecktisch ließ den Raum im Dämmer.

Es sei eine Art Neugier, von der sie herübergetrieben worden, sagte die Fürstin; sie habe über alles nachgedacht, was Maria gesprochen, sie habe sich gar nicht davon loszureißen vermocht. »Was ist das für eine Kraft in Ihnen, und woher kommt sie? Wie ist es möglich, daß Sie, eine Fremde in unserm Land, alle Verhältnisse überschauen, unseren Menschen gegenübertreten, als seien Sie eingeflochten in generationenalte Beziehungen? Sie haben Blick und Schritt einer Wurzelnden, und es ist nicht einmal Ihre Erde. Es ist Ihnen gegeben, die Sprache der Bauern zu reden, Sie greifen in das dumpfe Gemüt eines vertierten Soldaten, und Sie haben mit keinem von ihnen wirklich gelebt. Ich erzähle Ihnen von Grigorji wie einer leiblichen Schwester, und ich bin Ihnen vorher vielleicht zweimal flüchtig begegnet. Was sind Sie eigentlich für eine Frau? Was ist denn das Sonderbare an Ihnen? Können Sie es erklären? Oder bin ich zudringlich, wenn ich darum bitte?«

»Nein, nein«, wehrte Maria lächelnd ab, »Sie überraschen mich nur ...«

»Überraschen? Weshalb? Finden Sie denn, daß ich verpflichtet bin, in meinen Schmerz eingehüllt zu bleiben? Sie haben ihn mir noch tiefer ins Bewußtsein gedrückt, aber zugleich haben Sie das Selbstsüchtige daran gelockert. Wir schulden uns selbst nicht so viele Tränen, wie uns die Umgebung dadurch abpreßt, daß sie sich zur Teilnahme berechtigt glaubt. Das Teuerste wird einem genommen, aber es zieht einen nach sich; Trauer ist oft nur eine feinste Form von Heuchelei, und nie hungert die Seele so nach Aufschwung wie mitten im Gram um einen unwiederbringlichen Verlust. Ich sehe Ihnen an, daß Sie mich verstehen.«

»Ich bewundere Ihren Mut, Fürstin. Das ist es eben, was mich überrascht hat.«

»Mut ist das letzte. Das letzte vor dem Ende, Maria Jakowlewna. Und wir sind ja am Ende. Aber wollen Sie nicht meine Fragen beantworten? Können Sie es? Sie lächeln; dieses Lächeln läßt mich hoffen.«

Maria, die verschränkten Hände im Schoß, beugte sich vor. »Sie haben erwähnt, daß Sie sich an Alexander von Krüdener gut erinnerten«, sagte sie. »Die Zeit, von der Sie sprachen, liegt ja ziemlich lange zurück. Was für einen Eindruck haben Sie von ihm behalten? Ich meine in tieferm Sinn, nicht gesellschaftlich.«

Die Fürstin überlegte. »Es ist schwer«, gestand sie zögernd, »ich weiß zuviel von ihm. Wir Angehörige der obersten Schicht wissen zuviel voneinander, um das reine Bild einer Persönlichkeit bewahren zu können. Er kam mir sehr geschlossen vor. Unbeugsam, unbiegsam. Er ist Balte, nicht wahr? Alle Balten sind starr. Er hatte vollendete Formen, jene Tadellosigkeit bis ins Mark, die wie Wohlgeruch wirkt. Viele junge Mädchen waren damals verliebt in ihn, aber auf neutral Gestimmte wirkte er ein wenig erkältend, wie jemand, der lange einsam gewesen ist, äußerlich oder innerlich, und über die Wege zu den Menschen nicht mehr orientiert ist. Stimmt das?«

Maria nickte. »Es stimmt wie eine Silhouette an der Wand. Es stimmt und ist doch nichts. Unbeugsam, unbiegsam; darin liegt etwas vom Wesen. Er hat mich gebogen; nicht gebeugt: gebogen. Ich hätte brechen können, dann war ich eben nicht die, die er brauchte. Ich kam aus einer Welt ohne feste Umrisse; man gehörte nicht zum Adel, man gehörte nicht zum Bürgertum, man hing gesetzlos dazwischen. Ich war in Deutschland geboren, aber in Österreich erzogen; die eigentümliche staatliche und soziale Luft dort bedingt ein gewisses Schwanken von selbst. Ich forderte durch mein Tun und Lassen zum Widerspruch heraus; ich war immer anders als andere, immer auf dem Kriegsfuß mit allen. Um mich zu finden oder etwas außer mir, das ich packen konnte, ging ich auf allen Seiten in die Irre, schlug allem Herkommen ins Gesicht, wurde ganz wild, ganz entfesselt, überwarf mich mit meiner Familie und den meisten Freunden, war von Freiheitsideen besessen und in Gefahr, mich in Schwarmgeisterei und Libertinage zu verlieren. Da traf ich Alexander. Es war der kritische Moment. Ich war häßlich verstrickt mit meinen neunzehn Jahren, das Sinnliche ist ja immer der Anzeiger vom Grad der Zerfallenheit; entfesselt und verstrickt, wie sonderbar, daß man es in einem sein kann. Aber es war ja die Zeit, wo man alles halb war, mit keiner Sache Aug in Aug stand, und beharrte man auf einem Weg, so war man fast verfemt. Wir sprachen uns nie, Alexander und ich. Er war mit einer offiziellen Mission beauftragt und erschien bisweilen, sehr unterschieden von Männern, die ich kannte, in der Gesellschaft. Daß ich seine Aufmerksamkeit erregte, daß er mich beobachtete, spürte ich natürlich; war ich auch meines Magnetismus sicher, der seine war noch stärker und hatte doch nicht die Kraft, mich gleich aus meinen Ketten zu reißen. Der Entschluß, mich in sein Leben hinüberzunehmen, traf ihn selber unerwartet. Ich werde mich hüten, Sie mit den Einzelheiten einer Liebesgeschichte zu langweilen; wichtig ist nur, daß wir uns heirateten und daß jeder von uns beiden wußte, sein ganzes Schicksal kam dabei in Frage. Was für Monate, Fürstin, was für Jahre! Wir traten uns gegenüber wie zwei Duellanten, wie zwei Ringkämp-

fer. Er verriet es mir einmal: Hätte ihm nicht eine un-
vergeßbare Erleuchtung den Kern in mir offenbart, er hätte
mich am Anfang schon wieder nach Hause geschickt; denn
ich war zuchtlos, haltlos, voller falscher Begriffe, voller
Vorurteile in Bezug auf Liebe und Ehe und Mann und Weib
und Gott und Mensch. Du hast das ganze Europa in dir,
sagte er immer, und ich verstand lange nicht, was er meinte.
Ich leistete Widerstand auch hier, ich setzte ihm das entgegen, was ich meine Persönlichkeit hieß, dieses Treibhausp-
flänzchen, das er Blatt für Blatt und Faser für Faser zer-
rupfte, daß nichts mehr davon übrigblieb als Beschämung
und Trotz, immer noch Trotz. Und er suchte den Kern; un-
ermüdlich, unablässig, Tag und Nacht, mit einer
leidenschaftlichen Geduld, mit einem tiefen Wissen. Er
grub mich aus mir heraus; er riß mich auseinander, um
mich neu zu machen. Es tat weh; ich versichere Ihnen, Fürstin, es gab Tage, Wochen, wo ich zwischen Liebe und Haß
erstickt und zertreten niederbrach. Und er, hinter mir her
wie mit einer Geisterpeitsche: Du mußt durch, mußt es
durchleiden, und wenn's dich verbrennt; besser, wir gehn
ehrlich mit- und aneinander zugrunde als ein Sterben an
dreißig Jahren Mißverständnis und heimlichen Wunden.
Und endlich wuchs ich ihm zu, aus meinen Trümmern; endlich fand er mich, gewann er mich. Es war um die Zeit, wo
ich zum erstenmal schwanger war, nach fünf Jahren; daß
auch er nicht unverwandelt blieb, ist selbstverständlich;
hätte ich ihm nichts zu geben vermocht, so hätte ich ihm ja
nichts sein können, und kluge Verträge gehören zum Sieg.
Doch war ich sein Geschöpf und fühlte mich so. Er zog sich
damals vom öffentlichen Leben zurück, wir gingen auf das
Gut und begannen zu arbeiten. Jedes Ziel war gemeinsam.
In Meinungen und Handlungen trafen wir uns immer an
demselben Endpunkt. Wir lasen die gleichen Bücher, dachten die gleichen Gedanken, fällten die gleichen Urteile. Er
verzieh sich keine Nachlässigkeit, seine Strenge gegen sich
hatte etwas Mönchisches. Unmöglich, ihn um eines Vorteils

willen zu bewegen, das kleinste Recht auf seine Seite zu bringen, wenn es auf der andern war; eher hätte man Granit schmelzen können. Was er für seine Pflicht, für seine Lebensaufgabe hielt, war nichts Begrenztes, sondern ein ununterbrochen anschwellender Strom, und seine Hingabe war die äußerste, er verlangte von sich das Äußerste und verlangte es von mir. Ich habe von Natur aus einen Hang zur Trägheit und Beschaulichkeit; den trieb er mir gründlich aus; manchmal weinte ich vor Zorn und Mitleid mit mir selbst, wenn er mir zuviel zumutete; aber es war dann doch das Richtige, und hatte ich mich bezwungen, so konnte er durch ein gütiges Wort allen Groll vergessen machen. Nur nicht sich verwöhnen, nur nicht sich verzärteln, nur nicht Gefühle hinverschwenden, wo man sich entscheiden muß, sagte er; und so verhielt er sich gegen die Welt, gegen seine Kinder, gegen die Untergebenen. Er entkräftete jeden Einwand durch Beispiel. In ihm lebte eine große Idee seines Volkes, eine große Idee von Herrschaft, die durch Dienst entsteht, durch Gehorsam und Ehrung des Brauches. Für ihn war der Zar eine göttliche Person wie für den einfachsten Bauern. Dieses Rußland, dieses russische Volk war ihm der heilige Nährboden der Menschheit, der Schoß der Zukunft, die Vorratskammer der Welt. Ich spreche von ihm, ich spreche von mir. Es gab da kein Anderssein mehr. Er und ich, wir verschmolzen gemeinsam in dieses Mystische, von dem Kraft ausging. Wir haben es gelebt. Ich wußte, wenn er eine Handvoll Ackererde aufhob, daß er damit das Ganze wog und prüfte, sein Land, mit dem Himmel darüber und den Menschen darauf. Ich wußte, wenn er unter seine Bauern trat, um Recht zu sprechen, daß er es im Gefühl der höchsten Verantwortung tat, als meißle er den Spruch in die Ewigkeit. Riefen sie ihn zu Hilfe, so kam er, ob es sich auch ums Geringste handelte; Schlittenfahrten durch die brennendkalte Winternacht waren nichts Seltenes. Sie durften ihn fordern. Dabei war er der Herr; er verstand es, Herr zu sein. Ich war die Herrin; er machte mich zur Herrin.

Ich begriff es nach und nach. Herrin und Mutter, das galt ihm fast eins, Mutter von vielen, und so sagen sie auch Mütterchen zur Herrin. Das ist schön und schreibt einem den Weg vor. Wenn Sie das bedenken, Fürstin, erscheint Ihnen dann nicht alles ganz einfach?«

»Ich verstehe, ich verstehe«, murmelte die Fürstin; »einfach, ja. Das Wunderbare ist schließlich immer einfach. Ich verstehe die Entwicklung, verstehe Ihr Herz, aber, après tout, sind Sie denn nicht vollkommen enttäuscht? War es denn nicht vergeblich, jetzt, wo es so steht? Wo wir ohne den Herrn sind, schauerlich verlassen?«

»Ich bin nicht enttäuscht«, antwortete Maria; »der Weg geht weiter. Ich bin auch nicht ohne den Herrn, welche Bedeutung immer Sie dem Wort geben.«

Die Fürstin fragte: »Seit wann ist Ihr Gatte von Ihnen fort?«

»Ziemlich genau ein Jahr. Zu Weihnachten hatte ich den letzten Brief.«

»Und wie ertragen Sie seine Abwesenheit? Es ist ja ein beklommener Zustand, in jedem Fall, nun erst in einem solchen Verhältnis.«

»Es gehört zum Weg«, sagte Maria. »Ich weiß, daß er mit mir im Raum ist, kommt es da auf die Ferne an? Schließ ich die Augen nur eine kurze Zeit, so seh ich ihn, hör ich ihn, muß lächeln über gewisse Eigenheiten beim Sprechen, die ich an ihm kenne, frage ihn, antworte ihm, berate mich mit ihm; und so ist es sicher auch bei ihm.«

Die Fürstin entgegnete: »Sie haben Phantasie, Maria Jakowlewna. Ich will Ihr Gefühl nicht verkleinern; alles, was Sie sagen, flößt mir Hochachtung ein und bestätigt meine Ahnung von Ihnen. Sie sind so klar wie das Wasser; Sie sind ohne Heimlichkeiten. Wie beruhigend, mit Ihnen zu plaudern, ja bloß dazusitzen und Sie anzuschauen. Aber sagen Sie mir eines. Ich glaube an Ihre Zuversicht; ich glaube daran, daß sie Ihnen die Sehnsucht, die Ungeduld, die Bangigkeit um das Schicksal eines so geliebten Menschen überwinden hilft; aber fühlen Sie sich nicht auch befreit? Erwidern Sie noch nichts, einen Augenblick noch; es ist so heikel; die Worte sind schwer zu finden; ich möchte nicht in den Verdacht kommen, daß ich Sie antasten, Verschwiegenes hervorzerren will ...«

»Sie können alles sagen, ich werde es bestimmt nicht mißverstehen«, warf Maria freundlich ein.

Die Fürstin fuhr fort: »In Ihnen ist viel Leidenschaft. Sie sind sicher die leidenschaftlichste Frau, der ich je begegnet bin. Dabei aber auch die unnahbarste. Ich meine das in einem gewissen Sinn. Wie kann man dazu gelangen, allen Vorrat von Leidenschaft in ein Gefäß zu schließen und sich den Schritt ins Unbekannte für immer zu verbieten? Wie erreicht man diese Unerschütterlichkeit? Frauen sind entsetzlich preisgegebene Wesen. Man gibt sich entweder hin, oder man hält sich zurück; im einen wie im andern Fall strauchelt man und wird um seinen Traum betrogen. Und da ist nun eine, die sich ein so festes Haus gezimmert hat, daß der Teufel keinen Platz darin findet. Man rüttelt an Tür und Mauern, um die Stelle zu entdecken, wo es brüchig ist. Weil man doch selber in einer Ruine wohnt und der Neid einen quält. Sagen Sie mir also: War es nicht ein unerträglicher Despotismus? Zuweilen nur, zuweilen ... ? Sind Sie nicht jetzt in Ihrem verborgensten Innern irgendwie erlöst oder bloß erleichtert? Ist nicht eine Last von Ihnen genommen, trotz aller Liebe? War Ihnen denn nicht die freie Wahl geraubt durch all die Jahre, und haben Sie nicht heute die Empfindung, das Leben steht möglicherweise mit einem kostbaren Geschenk an der Pforte, und Sie dürfen es ohne große Skrupel nehmen? Oder auch mit Skrupeln, nur nehmen, das Geschenk nehmen. Ich meine: Ist Ihr Gemüt und Geist so bis zum Rand ausgefüllt von diesem einen

Menschen und seinem Wollen und Ihrer Existenz an seiner Seite, daß es darüber hinaus keine Regung mehr für Sie gibt, keine Verlockung, keine Versuchung? Sie sind ja Weib durch und durch; an Ihnen blüht und leuchtet ja alles. Wär ich ein Mann, was würde ich nicht aufs Spiel setzen, um Sie zu gewinnen. Sie erröten; wie schön, wie rührend! Wie ein junges Mädchen. Aber antworten Sie, antworten Sie mir.«

Maria spürte leisen Schrecken. Fast mechanisch erwiderte sie: »Vier Kinder, Fürstin. Neben all dem – wie nannten Sie es? –, dem Unerschütterlichen, vier Kinder. Haben Sie meine Kinder gesehen?«

Die Fürstin schwieg. Sie hatte beide nackten Arme, die dem schwarzen Kleid weiß entflossen, auf den Tisch gelegt, und Maria, zu spät beschämt von ihrer mütterlichen Prahlerei, las auf ihrer verdunkelten Stirn den Gedanken: auch ich war Mutter. Sie stützte den Kopf in die Hand, und nach einer Weile begann sie: »Das war ein egoistisches Wort, Fürstin. Ich bin von einem Glücksgeleise aufs andere ausgewichen. Vielleicht aus Feigheit. Ihre Frage war wie ein plötzliches Feuer. Sie hat mich geblendet. Die Wahrheit? Wüßt ich sie nur. Mich dünkt, sie liegt in der Furcht. Dort, wo der Abgrund ist, liegt die Wahrheit. Die freie Wahl war mir allerdings geraubt, aber ich hatte nicht das kleinste Bedürfnis und den kleinsten Anlaß, noch einmal zu wählen. Meine Wahl war ja unwiderruflich gewesen. Sie sagten, daß der Teufel in meinem Haus keinen Platz hat. Das ist ungeheuer richtig, und nun muß ich sehr kühn sein, sträflich kühn vielleicht: Ich habe ja mein göttliches Teil gewählt. Ich leugne nicht, daß Versuchung für mich entstehen kann; wer ist gegen Versuchung gefeit? Das Blut ist eine furchtbare Macht. Aber wenn ich noch einmal wählen müßte, dann müßte ich den ganzen Kreis bis zum ändern Pol gegangen sein. Das Göttliche kann man nicht zweimal wählen, und in seiner Nähe herumpfuschen und

-experimentieren kann man auch nicht. Dazu hat es zuviel Unerbittlichkeit. Müßte ich noch einmal wählen, dann müßte es geradezu der Teufel sein. In Versuchung führen könnte mich nur der Teufel. Aber so weit kommt es hoffentlich nicht.« Sie lachte.

Die Fürstin erhob sich und umarmte sie schweigend. War es, daß sie keine Einwände mehr hatte, oder daß sie sich geschlagen fand durch die unerwartete Wildheit von Marias Argument, sie ließ sich keine Zweifel anmerken. Ehe sie ging, sagte sie: »Freilich, freilich«; und wieder bekümmerten Tones: »Freilich. All das Beinahe und Ungefähr, das Geschehenlassen anstatt des Sichentscheidens verwässert unser Schicksal; es macht uns müde vor der Zeit. Wir ziehen immer Resultate, aber am Wichtigsten, am Augenblick lügen wir uns vorbei.« Dann, mit Herzlichkeit: »Ich möchte Ihr Bild besitzen, Maria Jakowlewna. Schicken Sie mir Ihr Bild so bald wie möglich, es wird mir als Amulett dienen. Wer weiß, ob uns nicht die nächste Stunde voneinander trennt. Hab ich Ihr Bild, so hab ich etwas, das mich schützt.«

Maria versprach es.

Den Rest der Nacht verbrachte sie schlaflos. Das Haus, vom Dach bis in den Keller, glich einem Akkumulator, in dem sich Angst aufsammelt. Über die Korridore hasteten Schritte. Maria wußte von Liebesbeziehungen, die sich von Zimmer zu Zimmer spannen und oft nicht länger dauerten als der Rausch der ersten Stunden. Da eilen sie hin und naschen in Verzweiflung Verbotenes, um nicht fühlen zu müssen, dachte Maria, halb geringschätzig, halb mitleidig. Aber auch andere Schritte waren, Botenschritte, Verräterschritte, Spionenschritte, Wächterschritte. Durch die geöffneten Fenster drangen Luftwellen, bald kühl, bald warm; gegen Morgen wurde es kalt, und Maria schlief endlich ein und schlief bis Mittag. Das Schreien des kleinen Wanja weckte sie erst. Jewgenia, die Pflegerin, trug ihn auf ihren Armen herein, vorwurfsvoll, die linnenweiß Gekleidete, weil die Herrin sich so lange der Pflicht entzogen hatte. Wanja ließ nicht mit sich spaßen; er krallte die dicken Fäustchen in seiner Mutter Fleisch und schnappte zu wie ein böser kleiner Fisch.

Aus der Umgegend schallte Gewehrfeuer, das bis zum Abend an Heftigkeit zunahm und sich beständig näherte. Jefim Leontowitsch kam mit Zeichen von Bestürzung und bat Maria, daß sie ihm erlaube, die Nacht im Zimmer der Knaben zu verbringen, er habe keine Ruhe sonst. Maria rechnete auf Nachricht von Menasse. Um bereit zu sein, wies sie Litwina und Arina, die beiden jungen Dienerinnen, an, die Koffer zu packen, worüber die Knaben jubelten. Es schien Maria, als habe sie etwas Wichtiges vergessen, das sie sich vorgenommen. Das Grübeln darüber machte sie zerstreut. Sie zog ihr Abendkleid an und ging hinunter. Dann kehrte sie zurück, durchwühlte eine Schachtel nach einer Photographie, schrieb ihren Namen darauf, steckte sie in ein Kuvert und schickte Arina damit zur Fürstin Nelidow. Aber das war nicht das Wichtige, das sie vergessen hatte.

In den Gesellschaftsräumen herrschte das gewöhnliche lärmende Treiben. Alle diese der Heimat und nun auch der Freiheit beraubten Männer und Frauen trugen eine herausfordernde Sorglosigkeit zur Schau. Nur wenige Gesichter zeigten das Bewußtsein der Gefahr. In einer Gruppe wurde lachend erzählt, daß man bereits in den Straßen der Stadt kämpfe, daß in einem der Höfe des Hotels Tote und Verwundete lägen. Sie hatten Blut genug gesehen, waren an das Entsetzen gewöhnt; es handelte sich nur noch um ihren eigenen Untergang, den sie mit frivoler Neugier fast erwarteten. In einen Wiener Walzer hinein knatterte beizend das Tacktack eines Maschinengewehrs von draußen. Man sah Soldaten an den Fenstern vorbeirennen. Maria fielen finster blickende Gestalten auf, erst drei oder vier, dann fünfzehn oder zwanzig, die sich in der Halle und den Speisesälen herumtrieben. Man gab sich Mühe, nicht auf sie zu achten; man scherzte, schwatzte und tat, als seien sie nicht vorhanden. In abgerissenen oder doch alltäglichen Gewändern stachen sie drohend von der Toilettenpracht, den Fräcken und strahlenden Hemdbrüsten ab; sie stellten sich den Kellnern in den Weg, die mit Sektkübeln liefen, postierten sich unverschämt neben Klubsessel, in denen vornehme Kavaliere ruhten, und schlenderten mitten durch Gruppen von Plaudernden durch. Maria dachte: es ist Zeit, daß Menasse sich meldet. Ein gellender Pfiff wurde hörbar, gleich darauf, da die Kapelle im Speisesaal Pause hatte, eine fremdartige Musik aus einem entfernten Raum. Zu Maria trat ein junger Mann, ein Moskauer Schriftsteller, und sagte, im großen Saal finde eine armenische Hochzeit statt, sie möge doch hingehen, es sei äußerst interessant. Er bot ihr seine Begleitung an; Maria war immer fünfzehn Jahre alt, wenn es Neues zu sehen gab, und sie ging sogleich mit. Die Stimmung bei einem Teil der Gesellschaft hatte sich auf einmal verändert. Ein alter Herr redete mit gerungenen Händen auf mehrere Damen ein. Maria vernahm, wie eine flüsterte: »Und mein Schmuck, meine Perlen?« Der alte Herr sagte: »Es handelt sich ums nackte Leben.« Vor dem Billardzimmer standen ein paar junge Mädchen, blaß, verzagt, die Augen aufgerissen. Der Schriftsteller sagte unterdessen zu Maria: »Unbeschreiblich, welchen Prunk die Armenier bei solchen Anlässen zu entfalten wissen, Sie werden sich selbst überzeugen; ganz märchenhaft.«

Es hatten sich schon andere Zuschauer eingefunden. Namentlich machte sich Stepan Nelidow bemerkbar, der in unangenehmer Weise, als wäre er in einem Zirkus, seine Begeisterung kundgab. Dort, wo Maria stand, vor der Tür des großen Saals, war die Basis eines zylinderförmigen Schachtes, der bis zum Dach des siebenstöckigen Gebäudes reichte. In jedem Stockwerk trat eine kreisrunde Galerie heraus, die gegen den Schacht hin durch ein geschmiedetes Gitter begrenzt war. In den drei ersten Etagen sah man auch die gerade ansteigende Treppe zur nächsthöheren Etage. Während Maria hinaufblickte, spürte sie, daß sich irgendwo dort oben etwas ereignete, was auch sie anging. Sie hörte, von ganz oben, lautes Reden und dann gelächterähnliche Schreie, dann war es wieder eine Weile still, aber kaum hatte sie ihre Aufmerksamkeit den Armeniern im Saal zugewandt, so begann es von neuem.

Die fremdartige Musik, mehrere Blasinstrumente und zwei dumpfe Trommeln, war aus einem getragenen Tempo in ein munteres übergegangen. Ein Jüngling und ein Mädchen traten zum Tanz an; ihre Bewegungen und Drehungen, anfangs gemessen, schäferhaft lieblich, steigerten sich, von der Musik rhythmisch unterstützt, zur Ausgelassenheit. Der hohe, weite, lichtgebadete Raum war durchlodert von den intensiven Farben gold- und silbergestrickter Gewänder, Blau, Gelb, Grün, Rot in stärksten Tönungen; aus heißem Dunst leuchteten unvergleichlich schöne Frauengesichter und solche von bleichen, schwarzbärtigen Männern, die majestätisch saßen und blickten. Nun sah man auch drüben einen zarten Reigen von spitzenbekleideten, ganz jugendlichen Wesen,'die sich bogen und dehnten, und als die betäubende Musik aufhörte, stimmten sie einen feierlichen Gesang an. Freudig erregt von den Bildern und Klängen einer abgerückten Welt, stand Maria lächelnd auf der Schwelle, bedrückt nur von dem Gefühl ihrer eigenen Fremdheit und ungewünschten Gegenwart, da vernahm sie abermals die häßlichen Schreie von oben, die sich nun jedoch rasch näherten; sie trat zurück in die Mitte des Schachtes und sah empor. Über die dritte Treppe lief mit erschreckender Geschwindigkeit, so daß es aussah, als müsse sie jede Sekunde in die Tiefe stürzen, ein Frauenzimmer herab. Die Haare flatterten aufgelöst um den Kopf, das Gesicht zeigte trotz der Entfernung ein verzerrtes Entsetzen. Sie kam zur Galerie, hielt sich einen Moment lang am

Geländer fest und rannte weiter zur zweiten Stiege. Maria wußte sofort, daß dies Lisaweta Petrowna war, zu der sie hatte gehen gewollt, und nun wußte sie auch, was für ein Vergessen sie gepeinigt hatte. Rasch entschlossen ging sie zur Treppe; die mit wilden Seufzern Herabeilende war nun auf der ersten Galerie und hielt sich wiederum kurze Zeit fest. Sie schaute sich um, stürmisch atmend; hinter ihr kam ein junges Mädchen herab, in dem Maria die Fürstin Jelena erkannte. Aber deren Gangart und Aussehen rechtfertigte keineswegs die wahnwitzige Hast und Furcht der andern; sie ging eher bedächtig, Stufe um Stufe, und ihre Züge, obwohl verfinstert und anscheinend zu einem bestimmten Vorhaben gesammelt, hatten zugleich einen Ausdruck von Widerwillen und Mattigkeit. Maria war ein paar Stufen hinaufgeschritten, die Flüchtende flog ihr entgegen, hielt inne, glaubte sich vor einer neuen Feindin, stieß einen der Schreie aus, die so gelächterähnlich geklungen hatten, taumelte und wäre gefallen, wenn Maria nicht auf sie zugesprungen und sie aufgefangen hätte. Das Mädchen griff nach ihr, umklammerte sie, glitt mit den Armen herab, kniete vor ihr. Mittlerweile hatte auch die Fürstin Jelena die Stelle erreicht, wo dies vor sich ging. Sie blieb einige Stufen oberhalb stehen, der Ausdruck von Widerwillen verstärkte sich in ihrem wunderbar feinen und klaren Gesicht, und sie stieß hervor: »Anrühren solchen Unflat? Anrühren?« Ein Schauder überrann ihre Glieder.

Das Mädchen drückte das Gesicht wimmernd in Marias Kleid. »Sie will mich umbringen«, heulte sie dumpf in den Stoff, in Marias Körper. Die Zuschauer vor der Tür hatten sich verwundert zur Treppe gedrängt. Stepan Nelidow stand mit verschränkten Armen und spöttischem Lächeln an die Mauer gelehnt.

»Wozu, Jelena Nikolajewna«, sagte Maria, zur jungen Fürstin emporgewandt, »wozu dies?« Der einfache gütige Ton brachte eine sichtliche Wirkung auf die Fürstin hervor.

Sie senkte den Kopf, ihre kurzen, gelockten Haare fielen weich über die Wangen, und so verharrte sie regungslos.

»Kommen Sie mit mir, Lisaweta«, redete Maria der noch immer Knienden zu; »niemand wird Ihnen etwas zuleide tun.« Sie richtete die Willenlose auf, lieh ihr den Arm zur Stütze und führte sie durch ein Spalier von Gaffern in den Korridor und dann weiter zum Lift, in den sie sie sanft hineinschob. Oben angelangt, mußte sie die verfallen vor sich hin Brütende mit Gewalt von ihrem Sitz ziehen. Mitja und Aljoscha flogen ihr jauchzend mit der Kunde entgegen, die Koffer seien geholt worden. Jefim sagte, es seien drei Männer gekommen und hätten, ohne ein Wort zu äußern, die zwei großen und fünf kleineren Gepäckstücke nach und nach fortgetragen. Die Dienerinnen hatten nicht gewagt, sie daran zu hindern oder sie auszuforschen, wer sie geschickt habe. Handtaschen, Necessaires, Körbe lagen noch in den Zimmern herum. Indes Maria mit Jewgenia beriet, erschien ein Bursche mit einem Zettel und verschwand wieder. Auf dem Zettel stand:

»Unverzüglich zu befolgen: Verlassen Sie nach Empfang dieses mit Ihren Leuten das Haus durch die Tür neben den Küchenlokalitäten. Dort wird jemand stehen und Sie an einen bestimmten Ort führen, wo Sie eine, möglicherweise zwei Nächte zuzubringen haben werden. Der Betreffende ist zuverlässig. Säumen Sie nicht länger als eine halbe Stunde, sonst stehe ich für nichts. Die Koffer sind untergebracht, Ihre Rechnung ist bezahlt. Menasse.«

Trotz der kritischen Situation war Maria still amüsiert. Mein General ist streng, dachte sie und half die Knaben fertig ankleiden. Eine Menge Gegenstände waren einzupacken. Arina und Litwina rannten durch die Zimmer. Wanja schrie; Jewgenia wiegte ihn auf den Armen. Maria hätte sich gerne noch von der Fürstin Nelidow verabschiedet; es war keine Zeit mehr. Lisaweta Petrowna hatte sich in die Sofaecke gekauert und beobachtete mit den Augen eines scheuen Tieres, was um sie vorging. Plötzlich sprang sie auf und faltete die Hände gegen Maria. »Nehmen Sie mich mit«, flehte sie verstört. Maria antwortete: »Wir haben nur noch Minuten vor uns; wie geht das denn, so wie Sie sind?« Sie trug einen Kimono und an den Füßen blauseidene Pantöffelchen. »Um keinen Preis mehr will ich in mein Zimmer gehn«, sagte sie hilflos. Die Knaben, voll Ungeduld, drängten Maria stumm. Arina belud Jefim Leontowitsch mit den Handtaschen. Mitja, der ungeachtet seiner Haltung eines jungen Prinzen immer viel Gefühl für fremde Leiden bezeigte, sagte zu seiner Mutter: »Die Frau kann ja einen von deinen Mänteln anziehen; wir haben ja hundert Mäntel.« Auf einen Wink Marias brachte Litwina einen Mantel; und Lisaweta hüllte sich darein. »Wollen Sie denn Ihre Habe im Stich lassen?« fragte Maria, und jene erwiderte: »Nur fort, nur fort.«

Jefim, die Knaben, Jewgenia mit dem entschlummerten Wanja, Arina, Litwina und Lisaweta traten auf den Korridor. Maria folgte als letzte. Auf einmal stand Jelena Nelidow vor ihr. »Sie gehen«, murmelte sie finster verwundert, »gehen? Und diese dort, diesen Abschaum machen Sie zu Ihrer Schutzbefohlenen? Ihr gewähren Sie Freundschaft, der Schamlosen?«

»Ich sehe nur eine Unglückliche, Jelena Nikolajewna«, sagte Maria. »Ich weiß nichts von ihr als das. Kann ich eine Unglückliche, die zu mir flieht, wegstoßen, ich, die selber flieht?«

Wieder wirkten Marias Wort und Stimme unmittelbar beschwichtigend auf die junge Fürstin. Ihr Gesicht zog sich zusammen wie im Krampf. Plötzlich riß sie mit zitternden Fingern eine Diamantagraffe von ihrem Kleid und drückte sie in Marias Hand. »Ich will nicht schuldiger werden, als ich schon bin«, sprach sie wie geblendet, wie gegen eine Wand; »geben Sie ihr das; machen Sie es zu Geld für sie, sie ist arm; ich habe keins, aber verraten Sie mich nicht.«

Maria konnte nur in einen Blick legen, was hier zum Dank zwang. Der Boden brannte. Fedja war umgekehrt, um zu spähen, wo sie blieb. Jelena ging ein paar Schritte an ihrer Seite; nahe der Treppe sie packte Marias Arm und hauchte mit wehem Kinderlaut: »Ich habe Angst, ich habe solche Angst«; ihre seltsam gelben Augen öffneten sich überweit; »ich habe grenzenlose Angst«, wiederholte sie, »und vielleicht aus Angst bin ich schlecht.«

»Liebe, Sie Liebe«, sagte Maria leise und zärtlich. Die junge Fürstin bedeckte das Gesicht mit den Händen und ging langsam zurück, während Maria schweren Herzens die Treppe hinunterstieg.

An der von Menasse bezeichneten Tür stand ein Soldat mit Sturmhaube und aufgepflanztem Bajonett. Er begab sich schweigend an die Spitze der Karawane. Es ging durch einen schmalen Hof, dann die Straße entlang, über die ein Feuerschein bebte. Zur Linken, in der Höhe des Tals, brannten Häuser; die Funken, so fern, daß sie goldner Stickerei glichen, stoben gegen den Mond. Gestreckten Galopps jagten Reiter vorbei; Fedja und Aljoscha blieben bewundernd stehen, Mitja trieb sie weiter wie ein sorglicher Hirt. Jefim keuchte unter seiner Last, und Maria nahm ihm trotz seines Sträubens eine der Ledertaschen ab. Der Soldat bog in eine Seitengasse bergan. Die Häuser wurden armseliger. Er zögerte, sah sich um, schien sich orientieren zu wollen. Die Gassen waren unbeleuchtet. Ein andrer Soldat trat aus einem Torweg auf ihn zu, und sie sprachen leise miteinander. Das Krachen eines großen Geschützes erschütterte die Nacht. Aljoscha begann plötzlich zu weinen. Maria ergriff ihn bei der Hand. Sie gelangten zu den letzten Häusern der Stadt, in die Nähe des Bahnhofs. Der Soldat kehrte wieder um und ging ein Stück zurück. Lisaweta, die in ihren Pantöffelchen Mühe zu gehen hatte, lehnte sich an eine Hausmauer. Vom untern Ende der Gasse her schallte der Schritt einer Patrouille. Der Soldat pfiff; Jefim eilte hin und rief Maria und die übrigen. Sie traten in ein baufälliges Haus, das nur aus einem Erdgeschoß bestand und völlig unbewohnt schien. Mit dem Gewehrkolben stieß der Soldat eine Tür auf, dann setzte er ein Streichholz in Brand. Man sah eine Kammer, etwa vier Meter im Geviert, so niedrig, daß man mit den Köpfen an die Decke stieß, mit feuchten, verschimmelten, grünlichen Wänden und ohne alles Mobiliar. Das Streichholz verlosch wieder. Hier müßten sie bleiben, sagte der Soldat, dürften sich nicht rühren, die geschlossenen Fensterläden nicht öffnen, wenn ihnen das Leben lieb sei. Maria fragte, im Finstern, ob er wisse, wo Herr Menasse sei. Nein, er wisse es nicht, er kenne nicht einmal den Namen; er wisse bloß, daß eine Anzahl Menschen heute nacht in Häusern rings um den Bahnhof versteckt worden seien, damit sie fortgeschafft werden könnten, wenn sich die Gelegenheit bot. Das sei alles, was er wisse. Ob man eine Kerze anzünden dürfte, wenigstens solange, bis die Kinder gebettet seien, fragte Maria. Er widerrate es. Wie lang man hier werde bleiben müssen, zehn Personen in einem so dumpfen Loch? Das könne er nicht sagen. Noch einmal empfahl er, daß sie durch kein Zeichen ihre Anwesenheit verraten sollten, dann entfernte er sich.

Eine Weile waren alle still und verfielen in trübe Betrachtungen. Aljoscha hatte nach der Hand seiner Mutter getastet und schmiegte sein Gesicht hinein. Sie spürte, daß es vor Beängstigung zuckte. »Wir müssen Licht haben«, sagte Maria. Jefim Leontowitsch erbot sich, hinauszuschleichen und den Aufpasser zu machen. Bei verdächtiger Wahrnehmung wollte er dreimal an den Holzladen pochen, dann mußte das Licht ausgeblasen werden. Es dauerte einige Zeit, bis Arina eine Kerze gefunden hatte. Als sie brannte, wurden rasch Decken und Mäntel auf den von Schmutz starrenden Bretterboden gebreitet; in stummer Hast richtete jeder eine Ruhestatt für sich; die Knaben, kaum hingelegt, in ihren Kleidern, schliefen schon.

Lisaweta lag neben Maria an der Mauer. Von ihrem zwischen die Arme gewühlten Kopf sah man nur die in Eile aufgesteckten wirren, braunen Haare. Über ihre starken Hüften lief bisweilen ein Beben. Während sie Wanja stillte, ließ Maria den Blick sinnend auf ihr ruhen. Dann, als Jewgenia ihr den satten Wanja abgenommen und die Kerze verlöscht hatte, bat sie Litwina, daß sie Jefim Leontowitsch hereinhole, damit auch er ruhen könne. Aber Jefim ließ sagen, er finde es notwendig, daß einer Wache halte, er werde sich vor der Tür auf seinen Mantel legen.

In Marias Augen kam kein Schlaf. Sie hörte die kräftigen Atemzüge der drei Knaben; jeden erkannte sie an Laut und Tempo des Atems; sogar das dünne, sprudelnde Atmen Wanjas war deutlich vernehmbar. Auch die Dienerinnen schliefen. Sie wachte, sann, lauschte. Zu ihrer Rechten ertönte ein schwerer Seufzer. »Können Sie nicht schlafen, Lisaweta Petrowna?« fragte sie flüsternd.

Die Angeredete bewegte sich und rückte näher. »Wer sind Sie eigentlich?« fragte sie ebenfalls flüsternd. »Sie haben mich aufgelesen, mitgenommen ... aus welchem Grund? Wer sind Sie?«

»Bedeutet Ihnen der Name etwas, so mögen Sie ihn wissen«, anwortete Maria und sagte, wie sie hieß. Dann war wieder eine Weile Schweigen, dann wieder ein Seufzer wie unter drückender Bürde.

»Was ist Ihnen?« flüsterte Maria. »Erleichtern Sie Ihr Herz, sprechen Sie!«

»O großer Gott!« murmelte die andere.

»Wir sind in der Finsternis und können einander nicht sehen«, fuhr Maria zu flüstern fort; »alle schlafen, wir sind so gut wie allein. Sprechen Sie.«

»Jelena Nikolajewna möchte mich am liebsten mit dem Stiefelabsatz zertreten«, sagte die Stimme bitter; »dabei weiß sie alles. Niemand außer ihr weiß es. Grigorji hat sich ihr anvertraut. Kalten Bluts könnte sie mich morden und weiß doch alles. O mein Gott!«

»Ist es denn wahr, daß Fürst Grigorji die Ehe mit Ihnen geschlossen hat?« fragte Maria.

»Fragen Sie doch nicht«, kam es gequält zurück. »Ja, ja, der Pope hat uns zusammengetan, damals in Sebastopol, als ich das Schiff verließ. Als schon alles zu Ende war, hat uns der Pope getraut. Ich weiß nicht, ob es anfechtbar ist, geschehen ist es jedenfalls, obschon die Umstände schrecklich waren. Keine menschliche Phantasie kann sich nur annähernd etwas Ähnliches ausdenken. Ja, als ich das Schiff verließ, wurden wir getraut.«

»Welches Schiff, Lisaweta Petrowna?«

Lisaweta antwortete nicht. »Ich kann hier nicht bleiben«, sagte sie nach einer Weile klagend; »ich muß wieder fort. Ich will zurück und meine Sachen holen. Was soll ich denn tun ohne Kleider und Schuhe? Freilich, wo soll ich dann hingehn? Zu wem denn?«

»Daß ich nicht vergesse, man hat mir ein Schmuckstück aus Diamanten für Sie gegeben«, sagte Maria, und indem sie es sagte, bereute sie es, als füge sie der unsichtbaren andern eine Beleidigung zu; »vielleicht wünschte man, daß Sie es als Andenken behalten. Vielleicht wollte man dadurch etwas Begangenes gutmachen.«

Lisaweta verstand. »Vor die Füße werf ich ihr's«, brach sie aus, ohne die Stimme merklich zu erheben; »und das ist noch Ehre zuviel. Will sie mich durch ein Almosen dafür entschädigen, daß sie mir glühende Nadeln ins Fleisch gebohrt hat wie ein Folterknecht? Jammer und Schande. Wenn Sie keine Gelegenheit mehr haben, es ihr zurückzugeben, so schenken Sie es einem Bettelweib. An Demütigungen ist's jetzt genug.«

Mehr als eine halbe Stunde verging im Schweigen. Die Atemzüge der Schläfer wurden tiefer. Plötzlich flüsterte Lisaweta: »Hören Sie? Können Sie mich hören?«

»Ich höre Sie gut«, erwiderte Maria.

»Ich will Ihnen vom Schiff erzählen. Rücken Sie näher, damit uns niemand belauscht.«

Maria rückte näher.

»Als ich Grigorji kennenlernte, war ich in einem Petersburger Vorstadtkabarett. Es war die niedrigste Klasse von Lokal, ich verdiente auch nur gerade soviel, um nicht zu verhungern. Die Sache war nämlich die, daß ich ein anständiges Mädchen war. Es ist möglich, daß Sie jetzt skeptisch lächeln, aber trotz meiner fünfundzwanzig Jahre hatte ich noch keinen Liebhaber gehabt. Abends auf dem Podium sang ich halbnackt dumme und lüsterne Couplets, verstand sie nicht einmal ganz, und tagsüber hauste ich in einer Dachkammer und hatte oft kein Mittagessen. Grigorji war auf Urlaub; in Gesellschaft von Kameraden kam er hin; wir sahen uns und liebten uns. Wir liebten uns so – wie soll ich es nur beschreiben? Es war ein unaufhörliches Gewitter im Blut. Den Tag, wo der Urlaub zu Ende war, erwarteten wir wie ein Hinrichtungsurteil. Worte wurden nicht gewechselt; wir empfanden wie ein einziger Leib. Er hing einem Plan nach, den ihm die Verzweiflung eingegeben hatte, und eines Abends teilte er ihn mir mit. Ich glaubte erst, er rede irr. Es war so furchtbar, daß meine Zunge wie gelähmt war. Aber sein Wille mußte auch meiner werden. Trennung war das ärgste. Auf die Rückkehr warten und sich das Herz absorgen, ob er noch lebte oder nicht, ärger war auch das nicht, was er tun wollte. Wenigstens schien es mir so, und ich sagte ja. Hören Sie mich?«

»Ich höre Sie gut«, flüsterte Maria.

»Er wollte mich heimlich an Bord des Kriegsschiffs schmuggeln. Mich in seiner Kabine verbergen, den Dienst verrichten wie alle andern und die übrige Zeit bei mir sein. Was das hieß, wußte ich ungefähr. Daß auf die Entdeckung der sofortige Tod stand, für ihn und für mich, wußte ich. Eine Frau darf ja ein Kriegsschiff nicht einmal betreten. Wozu so viele Worte, ich war bereit, trotz allem. Die Hauptschwierigkeit war, daß der Bursche ins Geheimnis gezogen werden mußte. Ohne einen Dritten, der Vorschub und Hilfe leistete, ging es nicht. Grigorji dachte, er könne es mit Pjotr riskieren. Er bestach ihn mit Geld, mit vielem Geld, und immer von neuem, und doch mußte man immerfort zittern, daß er sich nicht verschnappte oder bösartig wurde. Auf solchen Schiffen werden ja die Leute alle bösartig. Es geschah, wie wir es ausgedacht hatten. In Grigorjis Reisesack, mit Wäsche und Kleidern zum Ersticken umhüllt, trug mich Pjotr vom Boot in die Kabine. In dieser Kabine, in der nicht soviel Raum war, daß ich dreimal ausschreiten konnte, blieb ich vierzehn Monate.«

Maria schlug unwillkürlich die Hände zusammen, Lisaweta Petrowna aber fuhr fort: »Vierzehn Monate eingesperrt, entweder angstvoll allein oder Leib an Leib auf einem engen Lager mit Grigorji. Vierzehn Monate in Todesgefahr und Todesangst auf dem Meer, in einer winzigen, dumpfen Zelle. Vierzehn Monate fast zur Lautlosigkeit und Bewegungslosigkeit verurteilt, zur ununterbrochenen, fürchterlichen Angst, er und ich.«

Maria lauschte mit weiten Augen stumm.

»Es durfte nicht auffallen, daß die Kabine stets abgesperrt war; schon dafür zu sorgen war nervenzerrüttend. Die vielen Schritte, Schritte der Wachen, Offiziere; die Alarmpfeifen; das Sausen der Maschinen im Ohr, das eiserne Klirren beständig in dem schwimmenden Ungetüm, das Gerassel oben, das Anschlagen des Wassers draußen; die Nächte, o die Nächte voller Angst! Küsse und Umarmungen und Angst! Lust und zärtliche Worte und Angst! Hinauf gehoben und schwindelnd hinuntergeschleudert immer wieder. Einmal bei einer Inspektion mußte ich in den Wandschrank schlüpfen, der so schmal war, daß ich wochenlang nachher an Bruststechen litt. Am Osterfeiertag erkrankte Grigorji. Da waren wir nahe am Wahnsinn. Er mußte auf Deck; er mußte Dienst tun, was sonst? Er mußte sich schleppen, das Fieber aus sich herauspressen mit Gewalt, oder wir hatten keine Wahl, als uns miteinander in die See zu stürzen. In den dienstfreien Stunden tags oder nachts lag er dann in meinen Armen und horchte und horchte, auch ich horchte und horchte; wir mußten einander umarmen, sonst hatten wir kaum Platz, und oft, wenn er müde war, trat er mir ein Kissen und eine Decke ab, und ich richtete mir das Lager auf dem Boden oder ich saß an der Luke und starrte aufs finstre Meer. Ihn quälte der Gedanke, was geschehen sollte, wenn das Schiff ins Feuer kam und er verwundet wurde oder fiel. Ich beruhigte ihn nach Kräften, aber in einem so verdunkelten Gemüt ist keine große Kraft. Er klagte mich an, daß ich ihn nicht mehr liebte. Was fruchtete anderes dagegen als verzweifelte Küsse? Wir verfluchten die Sekunde, die uns das Bewußtsein wiedergab. Kalter Schweiß bedeckte manchmal seine Stirn, wenn er sich zu mir legte. Ob wir sprachen, ob wir schwiegen, es schauderte uns täglich mehr. Er gestand mir, daß er alles rot sähe, auf Deck und im Raum. Er glaubte, bei seinen Vorgesetzten Argwohn zu spüren. Von seiner früheren Heiterkeit war nichts mehr übrig. Ich fragte ihn, ob er bereue, was er getan? Er klammerte sich an mich wie ein Kind, das man schlägt, aber deutlich erkannte ich, daß in seinen Augen neben der Liebe auch Haß war. Bei jedem Knacken in der Wand erschrak er, jedes ungewohnte Geräusch machte ihn zittern. Einmal fuhr er gräßlich schreiend aus dem Schlaf. Ich umschlang ihn und sagte vor mich hin, es müsse ein Ende werden. Was für ein Ende, fragte er, und in krankhafter Erregung drängte er mich so lange, bis ich ihm heilig schwor, nichts ohne sein Wissen zu tun. Du bist mein Weib, sagte er, und ich will dich vor Gott und den Menschen zu meinem Weib machen, auch wenn wir uns dann nicht wiedersehen sollten. Und so kam es, genauso. Ich aber dachte: Nur heraus aus dieser Hölle, und wenn ich allein war, lag ich da und biß die Zähne in die Finger. Die Zeit war wie hinweggewischt; ich hörte sie sausen wie ein Rad; manchmal wieder schien sie mir schlaff, widerlich und schlaff wie eine zerrissene schwarze Fahne. Das ärgste war, daß Pjotr frech wurde. Er fühlte sich in der Macht. Es war ein aufreibender Kampf mit dem Menschen. Das Essen, das er jeden Tag heimlich für mich brachte, konnte ich nicht mehr genießen. Er stand dabei und stierte mich an. Er bettelte, schließlich drohte er. Ich glaubte, es Grigorji verschweigen zu müssen, indessen erfuhr ich bald, daß Pjotr auch gegen ihn unverschämt wurde. Eines Abends stürzte Grigorji schreckensbleich zu mir und stammelte, es sei kein Zweifel, daß alles verraten worden sei, der und der habe seinen Gruß nicht erwidert, in der Messe habe man getuschelt, er spüre es, wir seien verloren. Ich bewahrte meine Ruhe und fragte ihn aus und überzeugte mich, daß es Wahnvorstellungen waren; aber die hafteten nun in seinem Geist, und er war von da an im wilden Fieber. Drei Tage noch, die schrecklichsten, vergingen, da lief das Schiff in den Hafen; was in den letzten Stunden geschah, wie ich wieder an Land kam und aus tiefer Betäubung erwachte, daran habe ich keine Erinnerung. Auch daran eine ferne nur, daß mich Pjotr in eine elende Herberge schleppte und nicht dorthin, wo ihm Grigorji angegeben hatte, daß er mich führen sollte; und daß er am Abend betrunken in mein Zimmer taumelte und ein wehrloses Opfer zu finden hoffte; und daß ich mich mit aller mir verbliebenen Kraft gegen ihn verteidigte, mit Worten und Gründen erst, mit Bitten und Tränen, mit Hilferufen, das keiner hörte, als sei das Haus ausgestorben, und daß mir dann die Welt schwarz wurde im Ekel vor dem Menschen und in seinem Fuseldunst und seiner Tollwut, und daß dann Grigorji hereinstürzte, der alle Gasthäuser am Hafen nach mir durchsucht hatte, bis er endlich meine Spur fand, und daß er das betrunkene Schwein niederschlug und daß er vor mir kniete, schluchzend, unaufhaltsam schluchzend, Verzeihung erbettelte, ja, wofür Verzeihung? Und daß am andern Morgen der Pope kam, ich habe es ja schon erzählt, und die Nottraung vornahm, denn ich lag wie ein Brett, steif und still, und daß mir dann Grigorji Leb wohl sagte; alles dies ist mir nicht mehr faßlich und ist ausgeronnen, als hätte es eine andere gelebt. Ich bin ja auch nicht mehr dieselbe geworden wie vorher. Es wundert mich nur, daß ich's berichten kann; Sie saugen die Dinge förmlich aus einem heraus, wie geht das denn zu? Nun muß ich aber fort, es ist Zeit.«

Auffallend war es Maria, daß die Erzählung Lisaweta Petrownas immer langsamer geworden war, zuletzt entstand fast nach jedem dritten Wort eine Pause; auch war die Stimme allmählich so leise geworden, daß Maria nur mit Anstrengung verstehen konnte. »Sie wollen fort«, fragte sie, »wohin aber? Sie sagen ja selbst, Sie wüßten nicht wohin.«

»Nein, ich weiß nicht wohin; gleichviel, ich muß fort.«

»Wie sind Sie denn überhaupt nach Kislawodsk gekommen? Sind Sie mit ihm gekommen, mit Fürst Grigorji?«

»O nein. Es war ja eine stillschweigende Verabredung, daß wir uns nicht mehr sehen würden. Hab ich das nicht erzählt? Als er von mir wegging, wußte ich, daß er nicht aufs Schiff zurückkehrte, wußte, daß er in den Kaukasus fuhr. Er seinerseits wußte, daß ich nach Kiew reisen wollte, wo meine Schwester an einen Beamten verheiratet ist. Er ließ mir Geld, aber das hab ich meinem Schwager gegeben. Ich lebte wie taub und blind. Ich wußte, welchen Weg Grigorji ging. Eines Tages erhielt ich ein Telegramm, ich solle sofort kommen. Nicht von ihm, sondern von Jelena Nikolajewna. Möglich, daß sie glaubte, ich könne ihn retten. Wie mußte es um ihn stehen, daß Jelena Nikolajewna mich rief, mich! Es war auch zu spät. Ich hätte ihn gewiß nicht retten können, wir waren viel weiter voneinander geschieden, als wenn wir uns nie gekannt hätten; freilich, daß er so ins Nichts geschwunden war, ohne Gruß und Zeichen, das war hart. Jetzt will ich aber gehen, es ist Zeit.«

Das erste Tageslicht drang durch die Ritzen der Fensterläden. Lisaweta erhob sich. Maria sagte, sie möge doch den Mantel behalten, der Morgen sei kalt und vielleicht finde sie im Hotel nicht Einlaß. Doch sie lehnte es stumm ab; plötzlich schien sie von finsterm Trotz erfüllt; ihre Gebärden waren von krankhafter Ungeduld, und als Maria sich gleichfalls erhob, erschüttert und von schwesterlicher Hinneigung durchglüht zu ihr hintrat, um ihr in das dämmernd fahle Gesicht zu schauen, da wandte sie sich hinweg und war aus der Tür, ehe Maria den Arm nach ihr ausstrecken konnte. Sie stand regungslos, kalt und heiß im Innern; ihr war, als sei ein Berg vor ihr in die Erde gesunken und als siede die Luft noch über Schlünden. Sie seufzte, beinahe wie jene geseufzt hatte, bang und gedemütigt, dann fiel ihr Blick auf die schlafenden Kinder, und es überströmte sie ein Gefühl unermeßlichen Reichtums. Jedes war Abbild eines Teuersten, jedes lebendiges, geprägtes Gut; sie seufzte wieder, aber dieser Seufzer hatte andern Klang.

Sie legte sich zum Schlaf hin, kaum hatte sie jedoch die Augen zugemacht, als es heftig an die Tür klopfte und auf der Schwelle Jefim Leontowitsch und der Soldat erschienen. Dieser sagte, alle müßten sogleich zum Bahnhof, der Waggon stehe auf einem Geleise parat. Die Kinder wurden aufgeweckt, rasch waren die Großen und Kleinen marschfertig, zehn Minuten später war man unter Führung des Soldaten auf der menschenleeren Straße. Es ging an der Station vorüber, ziemlich weit hinaus. Die Luft war neblig und kühl. Maria forderte Jefim durch einen Blick auf, neben ihr zu gehen, und sie sagte zu ihm, sie danke ihm für seine selbstlosen Dienste, und es tue ihr leid, sich von ihm trennen zu müssen; aber sie hoffe, das Leben werde sie später einmal wieder zusammenbringen, und sie freue sich darauf, ihm dann ihren Dank besser zeigen zu können.

»Warum danken Sie mir, Maria Jakowlewna«, antwortete er, »und warum wollen Sie, daß ich mich von Ihnen trenne? Alles, was ich brauche, habe ich in dem Bündel da«, er wies auf einen Linnensack, den er mit dem andern Gepäck trug; »warum sollt ich hier bleiben, da ich doch ebensogut irgendwo sonst sein kann? Sie fliehen von hier, also lassen Sie mich auch fliehen. Belästigt Sie meine Gegenwart, so geh ich Ihnen aus den Augen; im schlimmsten Fall denken Sie sich, ich sei ein Fremder; es werden ja viele Fremde in Ihrer Nähe sein. Darf ich mir auch nicht anmaßen, daß ich ein nennenswerter Schutz für Sie bin, so hätte ich doch keine Rast mehr im Leben, wenn ich Sie unter diesen Umständen verlassen müßte. Dulden Sie mich also und seien Sie versichert, daß ich Ihnen nicht beschwerlich fallen werde.«

Dagegen gab es keinen Widerspruch. »Nicht einmal eine Hand hab ich frei, um Ihre zu drücken«, sagte sie mit ihrem gewinnenden Lachen. »Sie sind wirklich ein seltsamer Mensch, Jefim Leontowitsch; wodurch hab ich soviel Anhänglichkeit verdient? Sie kennen mich ja kaum.«

»Ich kenne Sie besser, als Sie glauben«, entgegnete er und wurde rot. »Ich denke viel über Sie nach.«

Ein Herr mit einem Strohhut winkte aufgeregt vom Bahngleise herüber. »Das ist Menasse«, sagte Maria, »schön, daß er da ist.«

Das Winken Menasses bedeutete, daß man sich sputen möge. »Guten Morgen, Herr General«, begrüßte ihn Maria. Er fragte unwirsch, warum sie so spät käme, alle andern seien schon einwaggoniert, fange man mit Unpünktlichkeit an, so werde man mit Katastrophen enden. Er hüpfte gestikulierend vor dem Trittbrett eines Salonwagens herum, der zwischen die Wagen eines Güterzugs gekoppelt war. Die Fensterscheiben waren dicht verhängt; drinnen war ein Gewimmel von Menschen; jeder war bemüht, sich einen Platz zu erobern. Menasse keifte mit einem alten Herrn, der seine Koffer um sich herumgestellt hatte; blies eine Dame an, die eine Auskunft von ihm begehrte; raste von Abteil zu Abteil und vermehrte die Verwirrung; warf eine Schachtel in den Korridor, riß im Eifer seinen flachen Strohhut vom Kopf und fuchtelte damit durch die Luft; betonte zehnmal in höchster Fistel, daß er unbedingten Gehorsam erwarte und daß er einfach die Hände in den Schoß legen und alle ihrem Schicksal überlassen werde, wenn man nicht Diszip-lin halte. »Wer ist der hier?« fuhr er Maria grob an und deutete mit dem Ellbogen auf Jefim Leontowitsch. Maria sagte gelassen und mit einem treuherzigen Ausdruck ihrer kurzsichtigen Augen: »Herr Menasse, ich würde mich glücklich schätzen, wenn Sie nicht so schreien würden. Sie erreichen, bei mir wenigstens, Ihre Absicht viel besser durch Artigkeit. Einigen wir uns auf dieser Grundlage, nicht wahr? Der junge Mann gehört zu meiner Gesellschaft, ich bürge für sein Wohlverhalten und für Ihre Auslagen; im übrigen: seien wir Freunde, Herr Menasse.« Sie reichte ihm lächelnd die Hand, in die er, einigermaßen verdutzt, die seine flüchtig legte; dann schoß er davon.

Um fünf Uhr morgens war man eingestiegen, um zehn Uhr setzte sich der Zug in Bewegung; nach Westen, durch das Gebirge, gegen das Meer. Die Fahrt war nicht schneller als mit einer Kutsche. Das Durcheinander ordnete sich all-mählich. Menasse wurde nicht müde, Ruhe zu gebieten. Ein Dorn im Auge waren ihm die auf und ab rennenden Kinder. Wenn der Zug hielt, stürzte er erregt ans Fenster, lugte durch einen Spalt hinaus, alle schwiegen gespannt, dennoch streckte er den Arm steif zurück wie ein Dirigent, der eine Fermate verlangt. Maria kannte nur wenige der Reisegen-ossen, einen Moskauer Fabrikanten, eine Gutsbesitzersfamilie aus Tula, einen ungarischen Baron, den Grafen und die Gräfin Duchorski aus Petersburg, einen Bankdirektor aus Kiew, zwei ältere Damen, die im Palasthotel gewohnt hatten. Es wurde heiß. Wenn die Kinder zu essen verlangten, ging es erst an ein langwieriges Suchen unter den Gepäckstücken. Wenn Wanja die Brust bekam, bildeten Litwina und Arina eine Mauer. Um vier Uhr nachmittags hielt der Zug auf offener Strecke. Eine Zeitlang war Stille, dann hörte man Menasses Fistel erbittert. Mitja kam und berichtete: »Es sind Männer draußen, die befehlen, daß alle aussteigen müssen.« Die Worte verbreiteten Schrecken. Es verhielt sich so. Der Zug war von einer streifenden Bande, dreißig bis vierzig Leute, zum Stehen gebracht worden. Der Anführer forderte Menasses Papiere. Menasse weigerte sich tollkühn. Drohung mit Gewalt machte ihn nicht gefügiger. Erst als jene Hand an ihn legten, besann er sich. Er hatte sämtliche Pässe bei sich. Indem er dies zugab, fing er an, mit dem Führer zu unterhandeln. Einige Leute waren in den Wagen gestiegen und trieben die Passagiere heraus. Wie sich alsbald zeigte, wollten sie die bequeme Fahrgelegenheit für sich haben. Die Überfallenen fügten sich widerspruchslos, nur einige Frauen jammerten. Die Gräfin Duchorski stand mit einem Gesicht voll eisiger Verachtung mitten in dem Haufen von Gepäck, der den blühenden Wiesenhang bedeckte. Menasse redete leidenschaftlich auf den finster blickenden Anführer der Bande ein. Der Mensch schüttelte zu allem den Kopf. Den Salonwagen dürfe niemand mehr betreten; auch keinen der andern Wagen im Zug. Um Gottes willen, so solle man hier zurückbleiben, im Gebirge, ohne Unterkunft, ohne Weg und Steg? Ja, das solle man; solle froh sein, wenn es damit sein Bewenden habe. Die Summen, die Menasse bot, fanden Unempfindlichkeit. Menasse, in einer Haltung wie Jago gegen Othello, schmeichelte; umsonst; pochte, in einer Haltung wie Marquis Posa gegen Philipp, doch immer krähend, auf menschliche Gefühle. Umsonst. Da trat Maria hinzu. Sie sprach ruhig und mit kunstloser Würde. Ihre Argumente waren um nichts zwingender als diejenigen Menasses, aber schon nach den ersten Worten hörte ihr der Mann, dem Anschein nach ein Bauer, der im Krieg gewesen war, anders zu, obgleich er die Stirn nicht entrunzelte. Da wirkte eine gewisse Freiheit, verbunden mit Kenntnis des Volkscharakters, eine gewisse Pfiffigkeit in den Wendungen, als ob sie sagte: Du weißt doch; erinnere dich doch; so und so, es wird doch darüber kein Mißverständnis zwischen uns geben; ganz trocken alles, wie wenn sie über Mais oder Kartoffeln redete, dabei aber als Herrin, die gewohnt ist, daß man tut, was sie gebietet. Der Mann hatte Respekt. Sie erlangte, zusammen mit dem Geldangebot Menasses, die Erlaubnis, daß sich die Flüchtlingsgesellschaft in zwei leeren Viehwagen einquartieren durfte. Menasse sagte: »Sie sind eine tüchtige Frau; à la bonne heure, das haben Sie gut gemacht. Immerhin, bei dieser Art von Transport werden wir nichts zu lachen haben.« Und er fing bereits wieder an zu kommandieren. Nach einer Stunde waren alle untergebracht, das Gepäck verstaut, die Türen der Viehwagen verschlossen und von außen abgesperrt sowie zur Sicherheit plombiert; der Zug rollte weiter.

Diese Fahrt im Viehwagen dauerte drei Tage und vier Nächte. Mit Maria eingepfercht waren siebenundzwanzig Menschen, darunter zwölf Kinder; eingepfercht in einen finstern Raum, in welchem es übel roch; hingekauert auf mangelhafte Lagerstätten, Kranke und Alte; fast ohne Schlaf die Nächte, ohne genügende Nahrung die Tage; belästigt von widrigen Verrichtungen, die jeden sich selbst und den andern zur Pein machten. Das Rattern der Räder wurde mörderischer Lärm; das stundenlange Halten in Stationen mörderische Stille; die auf das Dach des Kerkers niederbrennende Sonne vermehrte die Pestilenz; einige, die im Fieber lagen, stöhnten, und ein ungewohnter Laut rief entsetzte Schreie hervor. Dicht an Maria gepreßt lagen die drei Knaben; sie strich dem einen oder dem andern bisweilen über das Gesicht, prüfend, ob sie schlummerten, ob die Haut nicht heiß sei, dankbar für ihre Geduld und Ruhe, zugleich in Sorge darüber. Oft sprach sie zu ihnen; oft auch wandte sie sich an Jefim Leontowitsch; Wanja hielt sie meist an der Brust, wusch das Gesichtchen und die Hände mit Kölnischem Wasser, tröstete Litwina, die an Erbrechen litt, schalt mit Arina, die hysterische Anfälle hatte, rief hie und da ein Wort, eine Frage über die Köpfe der Leidensgefährten und stritt mit dem rechthaberischen Menasse über die Nähe des Ziels, der kleinen Hafenstadt am Schwarzen Meer.

Endlich eines frühen Morgens, in einer Haltestation, öffnete die mitleidige Hand eines Zugbediensteten die Tür. Der hereinquellende Lufthauch war wie Neugeburt, das Schauspiel, das sich bot, unerhört. Tief unten dehnte sich die See, blau, als könne man tausend Jahre blauen Himmel aus ihr erzeugen. Rings die letzten, üppig bewachsenen Kuppen des Gebirges, Gärten, Weingelände, Pinien, Bäume voll Orangen. Niemand redete; kein Laut. Manche sahen wie Leichen aus, ihre Augen wie verdorrt; das blühende Land, das Gestade, das schöne Meer ließ sie schaudern. Die Tür blieb offen, vielleicht in der Annahme, daß die Zone der Gefahr überschritten war; aber einige Stationen vor der Stadt wurde Menasse berichtet, daß diese seit zwei Tagen in den Händen der Matrosen sei, und ihr Oberhaupt Igor Golowin wurde von Flüchtlingen als gefürchteter Name genannt.

Menasse hatte in der Stadt seine Helfer, die er zu benachrichtigen vermochte. Wieder außerhalb des Bahnhofs verließen alle den Wagen und wurden nach Anbruch der Dunkelheit möglichst heimlich in einen Gasthof am Rande der Stadt geführt. Den Kranken konnte kein Beistand geleistet werden; sie mußten zu Fuß gehen. In den Straßen herrschte Tumult; vom Meer her tönten Schüsse.

Der rechteckige Raum, in den sämtliche Zimmer des Gasthofs mündeten, glich bald einem Koffermagazin. Träger polterten die Treppe herauf und warfen immer neue Gepäckstücke in den Wirrwarr. Arme griffen durcheinander; jeder suchte sein Eigentum. Mehrere Knaben waren auf eine Kiste geklettert und rauften um den Platz. Ein Hündchen trippelte winselnd um Menschenfüße, die es beschnupperte. Der Bankdirektor, an die Mauer gelehnt, rauchte eine Zigarette; Graf Duchorski unterhandelte mit einem schmutzig aussehenden Kellner. Menasse hatte seinen Kneifer verloren, und man sah seinen verzweifelt verrenkten Körper wie zwischen Felsen auftauchen und verschwinden. Unten gellte ein Trompetensignal; die Träger verlangten den Lohn, sie schienen in Eile, fortzukommen. Jemand sagte, der Hafen sei gesperrt, ein anderer hatte erfahren, ein deutsches Schiff kreuze auf dem Meer draußen. Der Streit um die Zimmer, deren nur elf zur Verfügung standen, wurde lärmend. Jefim Leontowitschs Stimme rief von einer Schwelle her: »Maria Jakowlewna, kommen Sie schnell; ich habe ein Zimmer für Sie besetzt.« Da Maria keinen Durchgang fand, kletterte sie über die Koffer. Menasse hatte sich vor Jefim aufgepflanzt und fauchte: »Was fällt Ihnen ein, zu schreien, Herr? Wenn Sie nicht schweigen, werde ich Ihnen stopfen den Mund. Wir sind gerannt dem Tiger direkt in die Zähne, verstehen Sie, was ich meine? Gott soll helfen, und da schreit er!« Maria sagte ruhig zu Jefim:

»Man müßte versuchen, unsere dreißig Kolli aus dem Haufen herauszufischen!«

Er nickte und sah besorgt umher. »Wo sind die Kinder?« fragte er.

Da kamen drei Matrosen die Treppe herauf, einer mit hastigerem Schritt vor den beiden andern, von denen er sich auch in Kleidung und Gehaben unterschied. Er trug blendendweiße Leinenhosen und eine Jacke von elegantem

Schnitt. Er hatte keine Charge, trotzdem war seine Haltung gebieterisch, und zwar in einer brutalen und lässigen Art. Ihm zur Seite watschelte beflissen der Wirt, ein feister Tatar mit einem Gesicht wie aus Butter. Der Matrose stutzte beim Anblick des Gewühls und der Menge von Koffern; es war in der spärlichen Beleuchtung zweier Petroleumlampen, die an der Wand hingen, ein tristes Bild. »Was sind das für Leute«, wandte er sich fragend an den Wirt, »was geht hier vor?« Der Wirt suchte mit furchtsamen Augen Menasse. Dieser zwängte sich heran und gab sich eine Miene der Autorität. »Woher? Wohin?« fragte der Matrose barsch und verächtlich. Menasse stotterte. Der Matrose unterbrach ihn: »Es kann natürlich keine Rede davon sein, daß ihr eure Reise fortsetzt. Das Gepäck ist beschlagnahmt. Das Weitere wird morgen verfügt.« Ohne die mehr mimischen als artikulierten Einwände Menasses zu beachten, wandte er sich wieder an den Wirt. »Ein Zimmer für mich«; und als der Wirt ratlos den fetten Körper verdrehte, sagte der zweite Matrose ungeduldig: »Ein Zimmer für Golowin; hast du nicht gehört, du Schwein?« Vor Furcht seiner Stimme kaum mächtig, erwiderte der Wirt, alle Zimmer seien vergeben; Väterchen könne sich ja selbst überzeugen; die vielen Menschen da; er habe nur noch eine Kammer unterm Dach frei; doch die Fenster seien zerbrochen, die Bretterwand halb eingestürzt; das Loch wage er Väterchen Igor Semjonowitsch nicht anzubieten; nebenan bei Alexei Davidowitsch sei noch ein Staatszimmer zu haben, prächtig mit Teppichen, auf Ehre, mit schönen Teppichen und Bilderchen an der Wand. Offenbar hatte er Angst, diesen Gast zu beherbergen, und wäre froh gewesen, ihn loszuwerden. Aber Golowin antwortete barsch: »Kein langes Geschwätz, du schmutziger Narr; ist kein Platz, so wird Platz gemacht. Habe nicht Lust, nach einem Bett zu hausieren. Hier neben der Treppe das Zimmer ist für mich. Punktum.« Und er deutete gegen die Tür, auf deren Schwelle Maria stand. »Verzeihung«, redete Maria ihn an, »es ist das letzte für mich und meine Kinder übriggebliebene Zimmer. Wir sind sieben Menschen, Sie einer. Wir sind am Ende unserer Kraft, eine furchtbare Reise liegt hinter uns. Wäre es nicht billig und großmütig, wenn Sie für diese Nacht mit der Dachkammer vorliebnähmen, da Sie sich schon nicht anderweitig umsehen wollen? Ich weiß nicht genau, zu wem ich spreche; aber jedenfalls doch zu einem Mann.«

Golowin schien überrascht. Er hob unmutig die Brauen. »Die Suada ist von euresgleichen unzertrennlich«, murmelte er. »Honig, um meinesgleichen die Kehle einzuschmieren, habt ihr immer noch auf Vorrat. Der verachtete Kuli braucht nur einmal die Fäuste zu zeigen, so wird an seine Großmut appelliert. Es ist eine neue Weltordnung, Madame. Wer sind Sie? Worauf berufen Sie sich?«

Diese für einen Matrosen sehr ungewöhnliche Ausdrucksweise überraschte nun wieder Maria. Sie bedurfte, um sich einzustellen, ihrer ganzen Geistesgegenwart. »Ich bin Maria Jakowlewna von Krüdener«, entgegnete sie mit klarer Stimme und legte die Hand auf Mitjas Haupt, der sich schützend neben sie gestellt hatte; »mein Mann, Gutsbesitzer im Tulaschen Kreis und kaiserlicher Offizier, ist ins Ausland geflohen, und ich bin im Begriff, dasselbe zu tun. Ich kann also Ihnen gegenüber keine Erwartungen, sondern nur Befürchtungen hegen. Sie haben recht, die Not macht uns charakterlos. Die neue Weltordnung muß zunächst an Frauen und Kindern ausprobiert werden. Litwina, Arina! Wir ziehen in die Dachkammer.«

Golowin schnitt eine ärgerliche Grimasse. »Sie täuschen sich, Madame«, sagte er und steckte beide Hände in die Hosentaschen, »Sie täuschen sich. Ich bin unempfindlich gegen die Künste des höheren Tons. Ob Dachkammer, ob Beletage, das spielt hier keine Rolle. Man wird Sie und Ihre ganze Gesellschaft morgen vor dem Standgericht aburteilen, und da Sie so unvorsichtig waren, Ihre Fluchtabsicht offen zuzugeben, können Sie sich ja ungefähr denken, was

Ihr Schicksal sein wird. Wir pflegen darin kurzen Prozeß zu machen; aus Zeitmangel, Madame, aus Zeitmangel. Bleiben Sie also immerhin in der Beletage, wenn Sie Wert darauf legen; auch die andern Herrschaften will ich nicht weiter stören. Niemand wird natürlich das Haus verlassen; im übrigen ist Ihnen jede Freiheit unverwehrt bis morgen.« Dies sprach er ironisch gegen den Kreis erschrockener Neugieriger, der sich um ihn gesammelt hatte. Menasse machte Schwimmbewegungen mit den Armen, um sich die Herzudrängenden vom Leibe zu halten und sich in seiner Bedeutsamkeit gewissermaßen zu isolieren; er blinzelte an Golowin hinauf, als wolle er ihm zu verstehen geben, daß das letzte Wort in dieser Angelegenheit noch zwischen ihnen beiden gewechselt werden müsse und er zuversichtlich auf eine Einigung rechne. Aber Golowin beachtete ihn gar nicht. Indem er sich abkehrte, fiel sein Blick auf Mitja, und er sagte: »Hübscher Junge; schade um ihn; er wird Mühe haben, sich mit alldem zu befreunden. Du sollst später einer der Unsern werden, mein Junge, was?« Zum erstenmal überlief Maria ein Zittern, und sie erbleichte, als Mitja mit der stolzen Entrüstung des Achtjährigen, den Heldengefühle beseelen, erwiderte: »Niemals, ich werde immer auf Papas Seite sein.« Golowin lachte. »Gute Zucht, Madame«, sagte er und sah Maria an. »Gute Zucht und gutes Blut«, antwortete sie. Er verbeugte sich spöttisch, ohne den Blick von ihr zu lassen, einen scharfen, grausamen, unaufhaltsamen Blick, der kalt prüfte und mehr und mehr einen bestimmten Vorsatz verriet. Maria hielt den Blick eine Weile aus, und erst als sie der Verwunderung der Zuschauer inne wurde, glitt ihr Auge zu Boden. Golowin wurde von seinen Begleitern angerufen und wandte sich zu ihnen. Auf der Treppe waren noch zwei Matrosen aufgetaucht, die einen sich sträubenden Menschen zwischen sich schleppten, den Koch des Hauses, welcher als Spion denunziert worden war; man wollte bemerkt haben, daß er von einem Fenster der Küche aus Signale gegeben hatte. Er beteuerte seine Unschuld und schlug mit den Armen um sich. Golowin rief seinen Leuten einen kurzen Befehl zu, und sie fesselten ihn. Der tatarische Wirt, zu dem der Koch in seiner Angst flüchten gewollt und den er mit Gebärden anflehte, erhob jammernden Einspruch, der ungehört verhallte. Menasse hatte indessen mit dem Grafen Duchorski und dem Ungarn leise gesprochen und näherte sich nun Golowin. Er zupfte ihn am Ärmel und nahm eine vertraulich-zwickernde Miene an, ohne sich durch die finstere Geringschätzung des ändern irremachen zu lassen. Er wisperte. Das Schweigen Golowins, statt ihn bedenklich zu stimmen, erhöhte seinen Mut. Das ihm geläufige Schema auch hier als praktisch betrachtend, nannte er die Summe, die als Ausgangspunkt für Verhandlungen dienen könne. Da legte ihm Golowin die Hand auf die Schulter und sagte zu dem ihm zunächst stehenden Matrosen: »Was meinst du, Maxim Maximowitsch, was das komische Insekt da will? Er will mich kaufen! Möchtest du ihm nicht mitteilen, was ich wert bin? Vielleicht gefriert ihm die geschwätzige Zunge, wenn er meinen Preis erfährt.« Menasse gab Zeichen äußerster Bestürzung von sich. Das war neu; ein Faktum, das ihn unvorbereitet traf. Die Matrosen gingen lachend die Treppe hinab. Golowin schickte sich an, ihnen zu folgen, blieb aber vor der Treppe unschlüssig stehen.

All dies hatte sich ziemlich schnell abgespielt. Die letzten Vorgänge hatte Maria nur wie etwas Fernes wahrgenommen. Sie trat ins Zimmer, wo Jewgenia und Arina die Lagerstätten für die Kinder bereiteten. Litwina trug das Handgepäck herein. Maria setzte sich in eine Ecke und nahm den ungebärdig schreienden Wanja an die Brust. Mitja stand vor ihr, der Anerkennung bedürftig, denn es waren Zweifel in ihm, ob er sich gut benommen habe. »Du warst lieb und tapfer, mein Sohn«, sagte sie, worauf er sogleich das Gespräch ablenkte und sich erkundigte, wo Jefim die Nacht verbringen solle. Jefim schnitt für Fedja und Aljoscha Brot ab und winkte Mitja, daß er schweige. Maria antwortete nicht. Sie war zerstreut. Ihre Gedanken waren von der Erscheinung Golowins in Anspruch genommen. Seine Manier, seine Geste, seine stechenden, bald farblosen, bald metallisch glitzernden Augen, die hagere, rasche Gestalt, der dünne, rasche Mund mit kleinen, dichten, weißen Zähnen, die rasche Rede, die Stimme, die mit befremdlicher Virtuosität durch alle Register lief, es wollte ihr nicht aus dem Sinn, das Einzelne nicht und das Ganze nicht. Plötzlich ging die Tür auf, und er trat ein.

Kälte entstand in ihr wie ins Herz gehaucht. Wanja hörte auf zu trinken, als sei die Milch versiegt, und zappelte erbost. Sie schob das Tuch, sich vor Blicken zu schützen, bis an den Hals und sah Golowin fragend an. »Ich wünsche mit Ihnen, Maria Jakowlewna«, sagte er förmlich, »einige Worte unter vier Augen zu sprechen.«

Sie wunderte sich. Sie schaute sich achselzuckend um. Da er schwieg und wartete, drehte sie den Kopf mit stummem Geheiß zu Jewgenia, die Arina und Litwina zunickte. Auch Jefim hatte begriffen; er rief die drei Knaben zu sich. Alle verließen das Zimmer. Marias Blick behielt den fragenden Ausdruck.

Golowin sagte: »Ihr jüdischer Mittelsmann hat mich für eine Art Straßenräuber gehalten, dem man Lösegeld anbietet. Ich vermute, Sie wissen davon. Wäre er weniger lächerlich, so hätte ich ihn heute noch ans Wirtshausschild hängen lassen.«

»Er ist nicht mein Mittelsmann, und ich weiß nicht, was er unternommen hat«, erwiderte Maria kühl.

»Ganz egal, Madame, Ihre Mitschuld ist unbestreitbar. Die Gefahrenaktien sind eben verteilt. Naiv ist es freilich, den ahnungslosen Hebräer ins Treffen zu schicken. Sie hätten es verhindern müssen. Haben Sie mich so schlecht angesehen, mit diesen Augen im Kopf? Warum haben Sie selber denn die Gelegenheit versäumt, das Terrain zu sondieren? Ich hatte es erwartet. Daß ich statt dessen zu Ihnen kommen muß, gibt kein Plus in Ihrer Rechnung.«

Maria überlegte erregt: Wohin zielt das alles?

Er ging ein paarmal auf und ab, Hände in den Hosentaschen. Seine Stimme wurde glatter und heller, als er fortfuhr: »Bin vor der Treppe gestanden und habe gegrübelt: Was ist das für ein Gesicht? Was ist das für eine Sorte Frau? Kennst du das Gesicht? Wie geht es zu, daß du es nicht kennst? Na, da beschloß ich, Avancen zu machen. Es freut Sie nicht, wie? Ich bin mir natürlich bewußt, daß meine Person eben das repräsentiert, was Sie mit gutem Grund verabscheuen. Trotzdem stehe ich da. Komme trotzdem mit einem Vorschlag zu Ihnen, der nach Waffenstillstand aussieht.«

»Was ist es für ein Vorschlag?« fragte Maria unbefangen.

Sein rotes, muskulöses, von Wettern gegerbtes Gesicht zeigte Verkniffenheit. Da jeder Nerv in ihm auf beschleunigtes Tempo gestimmt war, entfachte die langsame Entwicklung offenbar seine Ungeduld. Er stieß die Worte hervor, die einen Klang von Brutalität hatten: »Ich habe mich Ihnen zu Gefallen mit der Dachkammer begnügt; ich denke, Sie werden mich dafür entschädigen.«

»Entschädigen? In welcher Weise? Was meinen Sie damit?«

»Ich meine, daß Sie mich da oben besuchen sollen.«

»Wie, besuchen? Ich verstehe Sie nicht ganz.«

Er verzog ärgerlich das Gesicht. »Ich meine, daß Sie mir heute nacht die Ehre Ihres Besuches erweisen«, wiederholte er in bösem Ton.

Maria lächelte belustigt.

»Es liegt mir daran«, fuhr er fort und streckte das Kinn vor; »es liegt mir viel daran, ich werde Ihnen schon erklären, warum. Ich habe mir's in den Kopf gesetzt, und mich von einer Sache abbringen, die ich mir in den Kopf gesetzt habe, ist nutzlos. Versuchen Sie das gar nicht erst.«

Maria lächelte. In dieses Lächeln gehüllt, war sie von oben bis unten Dame. »Sie überschätzen mein Interesse an fremden Zwangsideen«, sagte sie leicht; »ich will es durchaus nicht versuchen.«

Er machte zu ihr hin eine Bewegung wie eine Katze.

»Bleibt es bei der Antwort?« fragte er mit unerwartetem Ausdruck von Neugier.

Sie nickte. Wanja begann zu weinen. »Geben Sie doch den Balg weg«, herrschte er sie an, »er stört mich.« Maria klopfte Wanja den Rücken, und er wurde still. Golowin sah auf ihre Hand. Sie verbarg sie hastig unter Wanjas Kissen.

Nach einer Pause fing er an: »Gut, stellen wir uns auf den Boden der gesellschaftlichen Form. Was haben Sie zu fürchten?«

»Nur meine Meinung von mir selbst.«

»Sonst nichts?«

»Doch. Ich kann mich nicht in eine Situation begeben, deren ich mich später vielleicht zu schämen hätte. Wie sie auch verläuft, ich müßte sie vor einem rechtfertigen, der Rechenschaft von mir verlangen darf.«

»Unsinn«, murrte Golowin; »das klingt ja so, als wollte ich die Geschichte von boule de suif mit Ihnen aufführen. Knallerbsen werf ich nicht. Bin nicht lustig genug dazu.« Er bemerkte ihr aufblitzendes Erstaunen über das literarische Zitat, ging aber mit einer Grimasse darüber hinweg. »Ihre Bedenken sind schwächlich«, sagte er; »außerdem nicht sehr klug. Ich biete Ihnen einen Vorwand, der Ihnen Schlupflöcher nach allen Seiten läßt. Ich verhandle mit Ihnen über Ihr Schicksal und das Ihrer Kinder und Ihrer Reisegen-ossen. Weisen Sie mich zurück, so ist es von vornherein besiegelt. Demnach riskieren Sie nur, was ein vernünftig erwägender Mensch riskieren muß.«

»Weshalb denn eine nächtliche Verhandlung in der Dachkammer?« fragte Maria kopfschüttelnd. »Nennen Sie Ihre Bedingungen, ich werde Ihnen sagen, ob sie annehmbar sind.«

Er lachte. »Nein, ich bedaure, das liegt nicht in meinem Plan«, erwiderte er spöttisch. »Da hätte ich mich ja ebensogut mit dem eifrigen Israeliten aufs Feilschen einlassen können. Aber das liegt nicht im Plan. Der Preis, von dem hier die Rede ist, kann nicht mit Münze bezahlt werden. Chance ist Chance, Madame. Es wäre ja geschmacklos, wollte ich vor Ihnen den Attila mimen; aber ich bin nun einmal der Diktator der Stadt, und alle die Seelen sind in meiner Gewalt wie Fische in einem Behälter. So stehen die Dinge. Andrerseits weiß ich, daß eine solche Affäre wie die zwischen uns beiden zart anzufassen ist, und wenn Sie die Pression, die ich auf Sie ausübe, unanständig finden, bin ich bereit, ein Versprechen zu leisten. Ich verspreche feierlich, Ihnen nicht um Breite eines Haares näherzutreten, als Sie es zu Ihrer Sicherheit für wünschbar halten. An dieses Wort will ich mich binden, dürfen Sie mich binden. Weigern Sie sich noch immer, so haben Sie die Folgen selbst zu tragen.« Er drehte sich auf dem Absatz um und ging zur Tür. »Ich warte, Maria Jakowlewna«, sagte er; »von jetzt an in einer Stunde werde ich auf Sie warten. Zögern Sie nicht zu lange; die Nacht ist kurz.«

Maria sah sorgenvoll vor sich hin. Als er schon die Klinke in der Hand hielt, wandte er noch einmal das Gesicht zurück und sagte, wieder mit gestrecktem Kinn: »Ich bin ein waghalsiger Spieler, aber auch ein ehrlicher. Meine Herrschaft dahier steht, bei Licht besehen, auf ziemlich schwachen Füßen. Es ist möglich, daß ich morgen in aller Frühe mit meinen Leuten werde abziehen müssen.

Deutsche Truppen sind gemeldet. Vielleicht haben wir dann gar nicht mehr die Zeit, euch den Prozeß zu machen, und Sie kommen mit dem Schrecken davon. Denken Sie einmal nach, was für ein Einsatz auf der Karte steht, die ich jetzt so unvorsichtig aufgedeckt habe. Denken Sie mal nach, es lohnt sich.«

Er verschwand.

Die Kinder und die Dienerinnen kamen wieder herein. Alle legten sich gleich hin und verzehrten nur ein paar Bissen zum Nachtessen, halb schlafend schon. Jefim hatte eine Liegestätte unter der Treppe gefunden. Auch Maria warf sich aufs Bett; sie behielt die Kleider an. Es klopfte. Menasse bat noch um eine Unterredung. Er ließ sich nicht abweisen. Er wollte erfahren, was sie mit Golowin gesprochen habe. Auch die andern draußen seien aufs äußerste gespannt; ein Stein sei ihnen vom Herzen gefallen, als sie den schrecklichen Menschen zu ihr hatten gehen sehen. Maria fühlte sich erschöpft; sie vertröstete ihn auf den nächsten Morgen. Er sagte, nur sie könne das Unheil abwenden; Graf Duchorski lasse ihr seine unbegrenzte Verehrung wissen; die Herren samt und sonders erwarteten geradezu das Wunder von ihr. Jewgenia drängte den Schwatzhaften endlich über die Schwelle.

Maria schlief ein. Als sie wieder die Augen aufschlug, geschah es wie auf Befehl. Ihre Gedanken waren im Nu gesammelt und klar. Der Raum war voll Mondlicht. Sie sah auf die Uhr; es war halb zwölf, sie hatte also drei Stunden geschlafen. Sie erhob sich leise, richtete ihr Haar, brachte das Kleid in Ordnung, zog aus der Handtasche ein Spitzentuch und nahm es um die Schultern, dann verließ sie auf Zehen das Zimmer. Sie stieg die enge Holztreppe empor; der Treppe gegenüber war eine Tür. Während sie überlegte, öffnete sich die Tür, und Golowin stand vor ihr.

Er forderte sie schweigend auf, einzutreten. Da kein Licht drinnen war, verharrte sie betroffen. Doch lag die Kammer auf der Mondseite, und der Mond erzeugte solche Helligkeit, daß jede Bodenritze und jedes Spinngewebe erkennbar war. Es war ein Bretterverschlag, nicht viel breiter als die Fensteröffnung, nicht viel länger als die eiserne Bettstelle. Außer dieser waren nur noch ein Tisch und ein Stuhl vorhanden. Die Wandbretter hatten zum Teil ihre Befestigung verloren und hingen schief und morsch. In den Fensterrahmen fehlte das Glas. Man sah über niedrige, mondglänzende Dächer bis zum Hafen hinaus, dessen Fläche ebenfalls im Mond schimmerte.

»Wenn Sie Wert darauf legen, will ich die Kerze anzünden, obwohl nur noch ein Stümpchen da ist«, sagte Golowin; »ich meinerseits ziehe die natürliche Beleuchtung vor. Die ganze Zeit, während ich hier geduldig auf Sie gewartet habe, hat es mich beschäftigt, mir Ihr Gesicht im Mondlicht zu denken. Eine romantische Veranlagung, nicht wahr? Ich bin sicher ein heimlicher Romantiker; außen ein wenig ruppig, aber innen Romantiker, ganz sicher.« Er lachte.

Maria stand eine Weile, dann griff sie nach der Stuhllehne. Er sagte: »Der Stuhl hat nur drei Beine, er ist höchstens für mich zum Balancieren praktikabel. Ich muß Ihnen das Bett zum Sitzen anbieten; I know, that's a funny misfortune, aber alles ist nun einmal aufs Heikle zugespitzt, wir wollen uns bei der mangelhaften Inszenierung nicht aufhalten. Bitte nehmen Sie Platz.«

Die Bettstelle war niedrig; Maria setzte sich, spürte, daß sie errötete, fröstelte unter einem kühlen Luftzug vom Fenster her, zog das Spitzentuch fester, schaute Golowin schweigend an. Ihre großen, dunklen Augen, denen die Kurzsichtigkeit einen lange verweilenden Blick verlieh, glänzten feucht. »Wer sind Sie eigentlich?« fragte sie in ihrer mutigen und offenen Art. »Ich werde das Gefühl nicht los, als ob Sie in einer Verkleidung steckten. Sind Sie wirklich Matrose von Beruf? Wer sind Sie?«

Er hatte sich nachlässig auf die Tischkante gesetzt und die Arme verschränkt. »Also curriculum vitae?« antwortete er lachend. »Verkleidung? Nein. Ein bißchen buntscheckig, ja. Oder zwiebelähnlich, mit vielen Schalen.« Er räusperte sich und heftete den Blick ins Freie. »Ich sehe ein, daß es unartig wäre, Ihre Wißbegier nicht zu befriedigen«, begann er; »ich will knapp sein wie ein Lexikon. Geboren in Warschau. Vater: Pole, mit deutschem Einschlag im Blut; Mutter: Engländerin, Pastorentochter. Alter: sechsunddreißig. Erzogen in der Kadettenschule. Dumme Streiche gemacht, davongejagt worden. Müßig herumgetrieben, mit der Hefe gelebt, nach dem Tod der Eltern völlig mittellos. Eines Tages die Kräfte zusammengerafft; Elektrotechnik studiert; gehungert; nach Schweden gegangen, nach Norwegen. Mich anheuern lassen auf einem Walfischfänger; zwei Winter im grönländischen Eis verbracht. Nach Edinburgh gegangen. Monteur geworden. Nach Island gegangen und in Reykjavik ein Elektrizitätswerk gebaut. Geheiratet; Tochter eines Reeders; mit ihr nach London gereist; höllisch betrogen worden von ihr; kurzen Prozeß gemacht: eine Kugel durch ihren Kopf, bei Nacht und Nebel davon. Nach Amerika. In einer Dampfwäscherei gearbeitet; auf einem Kohlendock in Montreal; in einer Wurstfabrik in Chikago; bei der Illinois Railway Company; als Zeichner und Ingenieur in San Franzisko. Große Affäre: die beiden Töchter eines Holzmagnaten verführt; von gedungenen Strolchen beinah erschlagen worden; sechs Monate Spital. Nach Paris gegangen; Reporter für Newyork Herald geworden; im Jahre 12 nach Petersburg geschickt; den geheimen Organisationen beigetreten; im Jahre 14 Einberufung zur Marine; Vertrauensmann der Besatzung geworden; den Umsturz mit herbeigeführt, und nun«, er verbeugte sich bizarr, »der Auszeichnung gewürdigt, meinem verehrten Gast diesen Steckbrief überliefern zu dürfen.«

»Viel in wenig Worten«, sagte Maria lächelnd.

»Braucht es mehr? Die Ereignisse geben ja doch nicht den Inhalt. Fast jedes Leben, meines auch, ist eine unordentlich gepackte Kiste, und wenn man sie ausräumt, haben die meisten Dinge längst nicht mehr den Wert, den sie beim Einpacken hatten. Ich bin kein Freund von Ausräumen. Lieber noch ein paar Nägel in den Deckel.«

»Sie laufen sich selber voraus, Sie laufen mit sich selber um die Wette«, bemerkte Maria.

»Ja, das sagen Sie so, ob Sie aber das richtige Bild davon haben, möchte ich bezweifeln«, antwortete er. »Eigentlich war kein Tag der Rast. So eine Stunde wie die jetzige, wo man spricht und sich zurückbesinnt, hat es eigentlich nie gegeben, denken Sie! Man war wie auf einem Schiff, das mit vollen Segeln vorm Sturm rennt. Bö auf Bö; da ein Leck, dort ein Leck; alle Mann an die Pumpen; zuletzt immer ein verzweifelter Sprung von der Takelage ins Rettungsboot. In so einem nüchternen Taumel; in so einer betrunkenen Entschlossenheit; mit dem Zittern bis in die Rippen; und niedergetrampelt wurde jeder, der im Weg stand. Ja, so war es.«

»Immerhin haben Sie ein Stück der Welt mit Appetit verspeist«, sagte Maria und zeigte ihre herrlichen Zähne.

»Das ist wahr«, erwiderte er und nickte. »Sie ist mir nichts schuldig geblieben, die Welt, ich ihr auch nichts. Ich habe sie kennengelernt von unten bis oben, die brüchigen Fundamente, die verfaulten Schanzwerke, die verrostete Maschinerie, die rissige Verschalung, die schadhaften Ankertaue, wie gesagt: vom Kiel bis in die Rahen. Und was die Bemannung betrifft: kranke Gehirne, ein tollwütiges Fieberwesen, eine bestialische Raserei der Untiefe zu. Es war ein Riesenspaß, Maria Jakowlewna, eine Labung fürs Gemüt. Es gab Zeiten, wo ich quietschvergnügt gewissermaßen neben dem hochgespannten Dampfkessel hockte und mir an den Fingern ausrechnen konnte, wie lang es noch dauern würde, bis der ganze pomphafte Plunder mit ungeheuerm Krach in die Luft flog. Eigentlich waren das die schönsten Momente. Ich habe etwas von einem Propheten in mir oder wenigstens von einem Diagnostiker. Das kam mir auch beim Dienst auf dem Kriegsschiff zustatten. Einen schöneren Explosionsherd konnte man sich im verwegensten Traum nicht ausmalen; ein Faß Dynamit mit der Lunte am Spund ist ein Spielzeug dagegen. Lehrreich, zu beobachten, wie unwiderstehlich es die Mäuse zum Speck in der Falle zieht. Ich hielt mich kunstvoll am Rande, immer zwischen Beförderung und Disziplinarverfahren; sie konnten mir nicht beikommen, auch nicht mit dem Köder der Rangerhöhung; warum hätte ich den schnappen sollen? Ich fühlte mich auf der Pulvertonne am richtigen Platz. Ich vermochte meinen Leuten den Tag vorauszusagen, an dem die Mine springen würde; und an genau dem Tag haben wir den Kapitän, die Offiziere, die Maats und was immer Epauletten und Sterne trug in die Feuerungslöcher befördert; eine zu schnell funktionierende Hölle, leider, wenn man bedenkt, was für eine lange Hölle sie andern bereitet hatten.«

Er sprach völlig ruhig, beinahe heiter, in einem flüssigen Plauderton, wie von einer Sportleistung, auch mit der dazugehörigen halbironischen Prahlerei. Er zündete eine Zigarette an, und beim Aufflammen des Streichholzes erschien Maria sein Gesicht kindlich harmlos. Mit ruhenden Händen im Schoß saß sie da und fand keine Worte.

»Famos, wie Ihre Hände sich im Mondlicht ausnehmen«, sagte Golowin; »wie weißer Bernstein.«

Sie fuhr zusammen. »Sie haben meine Gegenwart gewünscht, um mit mir zu verhandeln«, sagte sie mit verzogener Stirn; »das war die Abmachung. Ich habe mich Ihrer Laune gefügt, weil ich schließlich von Ihrer Laune abhänge, und nicht nur ich allein. Kommen wir also zur Sache.«

»Es wundert mich, daß Sie damit solche Eile haben«, antwortete er mit einem kichernden Ton. »Seien Sie doch froh, wenn ich meine Zunge spazierenführe. Am Zweck, den ich verfolge, sollte Ihnen wenig gelegen sein. Oder sind Sie so naiv, daß Sie glauben, es gehe um die Schale und nicht um die Nuß? Sind Sie wirklich da heraufgekommen in der Meinung, wir würden eine unverfängliche diplomatische Schachpartie spielen?«

Maria, beunruhigt, stand auf. »Ich dachte, um Knallerbsen zu werfen, seien Sie nicht lustig genug.«

»Es muß ja nicht boule de suif sein«, entgegnete er zynisch, »es kann ja, beispielsweise, auch Maß für Maß sein. Das ist dann schon minder lustig. Es hängt meistens von der Frau ab, ob es lustig ist oder nicht.«

Maria sagte verletzt, und ihre dunkelsonore Stimme bebte: »Es besteht keine Gemeinschaft zwischen uns. Sie sind ein Liebhaber von Späßen, ich bin zu spaßen nicht aufgelegt. Sie tanzen um einen Weltbrand einen Freudentanz; so suchen Sie sich wenigstens nicht einen Partner aus, dessen Lebensglück in den Trümmern liegt. Was ist Ihre Absicht?«

Er näherte sich rasch, die flachen Hände aufgehoben. »Vor allem: nehmen Sie wieder Platz. Nicht diese Miene! Zucken Sie nicht zurück, ich rühre Sie nicht an. Bei Gott, ich rühre Sie nicht an. Ist Ihnen kalt? Wollen Sie meinen Mantel haben? Nein, nein, bleiben Sie sitzen, ich lasse ihn am Nagel; kann mir denken, daß Ihnen vor solchem Mantel widert. Das bißchen Zimperlichkeit halt ich zugut. Und nun merken Sie auf.«

Er zog den dreibeinigen Stuhl heran, flink und plump in den Bewegungen, und setzte sich auf den äußersten Rand, um des Gleichgewichts sicher zu sein. Er legte die Hände um seine Knie, beugte sich vor, streckte das Kinn. Alles hatte eine gewisse Anmut, eine plumpe Geschmeidigkeit, kraftvolle Zierlichkeit. »Seit zweieinhalb Jahren habe ich nicht in das Gesicht einer Frau gesehen«, begann er und lächelte knabenhaft; »habe ich nicht die Luft geatmet, die um eine Frau ist, nicht die Bezauberung verspürt, die davon ausgeht, wie eine Frau die Hände regt, die Lider hebt und senkt, die Lippen öffnet und schließt. Ich habe Kohlenrauch gerochen, Kohlenstaub in die Lungen gepumpt und mit Salzluft mühsam wieder ausgespült, die gräuliche Atmosphäre in Schlafsälen, den heißen Ölgestank im Maschinenraum geschmeckt; ich habe Zähne fletschen sehen, Flüche murmeln hören, allen Unrat der Menschennatur sich über mich ausgießen lassen, die eingequetschte, wimmernde, wütende, brüllende Qual eines riesigen Kerkers miterlebt, und ich bin hungrig. Nicht in der Weise hungrig, wie Sie zu fürchten scheinen. Man hat seine Erziehung, man hat seine Erfahrung, man ist kein Geier. Nicht hungrig wie einer, der aus Mangel an Nahrung krepiert, an Nahrung überhaupt. Wenn's weiter nichts wäre! Der Tisch für die andern ist reichlich gedeckt. Ich bin hungrig wie ein Mann, den eine Fiebererscheinung in Trance versetzt hat. Wir hatten mal in Boston eine spiritistische Sitzung. Es kam, im blauen Licht, ein weibliches Gespenst herein. Sah ungefähr aus wie Sie, Maria Jakowlewna; wunderbar sehen Sie aus, wie Sie da sitzen und mir zuhören. Na, ich ging entschlossen auf das Gespenst los, ohne mich um die hysterischen Entsetzenskrämpfe der verzückten Gesellschaft zu kümmern, griff mit Armen danach, und siehe da, es war ein warmer, weicher Menschenleib. Ich entsinne mich, es war ein unvergeßliches Wohlsein in mir, als ich den warmen, weichen Weiberleib hatte. Der Gespensterunfug nahm gar nichts weg von dem Wohlsein, im Gegenteil, es war so diabolisch verboten, daß es mir göttlich behagte. Man muß nur mit Armen zugreifen, wenn es um einen gespenstert. Und es gespenstert schon lange um mich.«

Er lächelte abermals; strich mit der Hand über die dünnen, schlichtliegenden Haare; sah alt aus, verbraucht, zerwühlt, plötzlich wieder straff, elastisch, jugendlich und fuhr nach einigem Besinnen fort: »Sprechen wir ein wenig von der Fieber-Erscheinung und davon, wie sie entstanden ist. Denken Sie sich also Hunderte von Männern, primitiven Männern, denken Sie sie monatelang an einem und demselben Ort; Hunderte, doch in ihrer Gesamtheit absolut einsam auf dem Ozean; durch die militärische Knute in Atem gehalten, durch harten Dienst niedergezwungen; in ihren Trieben und Instinkten vollständig geknebelt. Überlegen Sie sich einen Augenblick, was daraus erwächst. Ich bin ein Mensch, der das Grauen nicht kennt und auch den Ekel nicht. Ich nehme alles von der einfachsten Seite; es ist da, also hat es da zu sein. Aber wenn man so buchstäblich in den Miasmen watet, die aus den Seelen dunsten, das reißt an den Nerven. Es gibt bei Männern einen Zustand der Entbehrung, der stillen, stumpfen, folternden Begierde, der macht alles zu Gift und Brand in ihnen. Gefehlt, wollte man meinen, daß die aufreibende Arbeit, die körperliche Erschöpfung dem entgegenwirkt; die vergiften und verbrennen nur noch mehr, bis das ganze Individuum ein von tobsüchtigen Bordellbildern geschütteltes Ding ist mit zwei Existenzen, jede tierisch genug: die wirkliche, graue, trostlose und die in der Bruthitze der Erinnerungen und der Wünsche. Ich habe nie an die friedlichen Robinsons geglaubt; ist so ein Bursche gesund und ein ehrliches Mannsbild mit seinem Geschlecht im Leibe, so muß er ja komplett verrückt werden. Oder es stirbt ein Stück Leben in ihm ab. Ich trete zum Beispiel in einen Schlafraum und sehe mir die Schläfer einzeln an. Da ist einer, liegt in Schweiß gebadet, mit dicht aneinander gerückten Falten auf der Stirn. Jede von den Falten ist eine mit Ausschweifungen gefüllte Grube. Er hält sich schadlos, der Kerl; er dichtet; er lebt sich aus in seinem lasterhaften Schlaf; kein Hirn eines abgefeimten Erotikers ist je auf solche Möglichkeiten verfallen. Ein anderer windet sich wie in Krämpfen der Pubertät; er ist leichenblaß und trinkt seine eigenen Lippen. Ein anderer sieht aus, als klettre er an einer Felswand hinauf, angespannt wie ein Seil, lüstern wie ein Affe. Sie keuchen, schlagen mit gekrallten Fingern um sich, grinsen gierig, flüstern einen Namen, umklammern etwas in der Luft, sind vollständig aufgerissen, in einem Chaos glühender Visionen. Noch ein Beispiel. Ich sitze unter ihnen; dienstfreier Abend; man redet; sie werfen sich ihre Schlagworte zu; Anspielung auf Anspielung; grobes Geschütz, daß einem die Ohren sausen; eh man's recht weiß, ist der Siedepunkt erreicht: die Augen kochen, die Zungen wirbeln, das kaum Ausdenkbare wird gesagt, geschrien, schamlos hingemalt, sie wälzen sich in einer heißen Pfütze, übersteigern sich, neiden einander das frechste Bild, den unflätigsten Ausdruck, und man sieht dabei, wie es sie über alle Begriffe martert. Und man beobachtet zwei, die sich einander mit verdeckten Blicken messen, Mann gegen Mann, als wär's Mann gegen Weib; stumm und irr faseln sie vom Fleisch und von Lust; sie verstehen sich vortrefflich, die zwei in ihrer Entzündung, und sie sind nicht die einzigen. Jag ich Ihnen Schauder ein? Das ist nicht der Zweck. Ich tünche bloß den schwarzen Untergrund für mein Lichtgewebe. Hat man sich vollgesogen mit dem Irdischen der untersten Abgründe, so werden die Himmelsgestalten so weiß und so zart wie nur Lilien in Pestsümpfen. Man muß aber zu den Seraphim entschlossen sein. Es muß einem gelingen, die Poren gegen die Ansteckung zu verstopfen. Zu früh nachgeben, das heiß ich ein Kalb im Mutterleib schlachten. Ein Mönch ist unter Umständen ein geriebener Genüßling, wenn er zum Feinschmecker von Illusionen wird. Vielleicht war der heilige Antonius der größte Liebeskünstler der Welt. Ein brennenderes Aphrodisiakum kann ich mir nicht vorstellen als die Qualen von freiwillig Enthaltsamen. Das geht über ein Fest auf dem Blocksberg. Aber ich bin kein Voyeur, durchaus nicht. Ich bin nur für kluge Steigerung, überhaupt für Steigerung. Dort in dem Satanskessel, auf dem Schiff, hab ich mein Verlangen gezüchtet; habe es sorgsam gepflegt, wie man ein Tier mästet, das eine delikate Mahlzeit zu werden verspricht. Und wonach hat mich eigentlich verlangt? Schwer zu sagen. Nach einer bestimmten Glätte der Haut; nach einer bestimmten Rundung der Fessel; einer bestimmten Modellierung des Handgelenks; einer bestimmten Transparenz der Äderung an den Schläfen; einem bestimmten Gang und Schritt und Blick. Ist das etwas? Umschreibt das etwas? Es ist eine Angelegenheit des Geruchs, des Spürsinns, der Epidermis, der Nerven-Elektrizität. Deutlicher: ich will eine Ebenbürtige haben, eine sinnlich Ebenbürtige. Kurz und gut, Maria Jakowlewna, Sie sind es, die ich haben will.«

Marias Auge fiel auf einen Skorpion, der, von Fingerslänge, an einem Brett ihr gegenüber unbeweglich hing, zierlich in der Gliederung, zart umgrenzt, ohne Schatten, wie eine japanische Zeichnung. Indem sie das Tier anschaute, ward ihr leichter zumut; in einem losgelösten Teil ihrer Seele freute sie sich am Zarten und Zierlichen und vergaß das Giftige und Gefährliche; dieses wußte sie ja nur, sie hatte es nie erfahren. Sie heftete den Blick in Golowins Gesicht und sagte in zutraulichem Ton: »Ist es nicht sonderbar? Seit Sie das Wort ausgesprochen haben, bin ich vollkommen ruhig. Es ist nun nichts Unbekanntes mehr zwischen uns. Ich habe sogar ein Gefühl von Sympathie für Sie. Das eine Wort, dieses vernunftlose, rohe, gewalttätige Wort hat es bewirkt. Plötzlich bin ich die unvergleichlich Stärkere von uns beiden.«

»Verstehe nicht«, murmelte Golowin ziemlich außer Fassung. »Sie sagen, Sie wollen mich haben«, fuhr Maria in demselben zutraulichen Ton fort; »ich antworte Ihnen: Schön, hier bin ich; bitte.«

Golowin starrte sie sprachlos an.

Sie sagte heiter: »Kann man denn einen Menschen so ohne weiters haben? So nach Gelüst und Gelegenheit? Wie man einen Apfel vom Baum holt, auch aus einem fremden Garten? Nimmt man eine Frau so einfach, weil man Appetit hat und weil der Raub sich lohnt? Ist sie sonst nichts als der Bissen, als die Beute, als das Vergnügen einer Stunde? Wenn Sie dieser Ansicht sind – bitte.«

Golowin erhob sich, ging zum Fenster und blieb mit abgewendetem Gesicht dort stehen. Der Mond beleuchtete nur noch ein kleines Stück der Wand.

»Meinen Sie im Ernst, Sie hätten mich dann gewonnen?« fuhr Maria fort. »Vielleicht hätten Sie mich zerstört, sicher beschimpft, unerhört erniedrigt, aber gewonnen? Setzen wir den Fall, Sie erreichen Ihren Zweck mit Gewalt; bin dann das ich, Maria Krüdener, und nicht vielmehr eine seelenlose Hülse von mir? Ob man lebendige Menschen in Feuerlöcher wirft oder sie zu Opfern einer Zufallsbegegnung macht, läuft auf dasselbe hinaus. Haben, was für ein gemeines Wort! Was heißt denn haben, wenn nicht gegeben wird? Etwas, das halb Verbrechen ist, halb Einbildung, jedenfalls aber eine Armseligkeit.«

Golowin schwieg noch immer.

»Die Rechnung ist für mich nicht sehr kompliziert«, sagte Maria; »ich soll das Zahlungsmittel abgeben für die Freiheit, wahrscheinlich auch für das Leben von etlichen fünfzig Menschen, darunter meine Kinder und ich selbst. Wenn Sie also auf Ihrem Vorsatz beharren, bleibt mir offenbar nichts anders übrig, als in den elenden Kaufvertrag zu willigen. Schön. Es ist nichts Besonderes, nichts Erschütterndes im Vergleich mit den großen Ereignissen. Es ist ein Schicksal, mit dem man sich abzufinden hat. Die Zeit wird es verschlingen, das ist ihr Amt. Aber soll sich darin die neue Weltordnung manifestieren, von der Sie gesprochen haben, wenn ich nicht irre? Sie tun mir leid. Es ist eine uralte und furchtbar gewöhnliche Weltordnung, das.«

Ohne sich vom Fenster zu rühren, antwortete Golo-win mit dumpfer Stimme: »Sie mißverstehen mich mit Wissen. Das ist Advokatenkunst. Sie müssen als Weib unrüttelbar fixiert sein, daß Sie Selbstverständlichkeiten mit einem solchen Aufwand von Beredsamkeit verfechten. Ich habe meine Augen im Kopf und meine Witterung in der Nase. Kann sein, daß die Bussole da drin ein bißchen an Richtung verloren hat; die Nadel schießt verzweifelt nach links und rechts, als stünde sie überm magnetischen Pol. Daß Sie um und um und bis in die letzte Faser fixiert sind, habe ich trotzdem gespürt, und das war ja der Reiz. Ich habe einem was abzuringen, der mir entgegensteht. Ich habe einen unsichtbaren Widersacher vor mir. Dieses Gespenst wird sich mir nicht so leicht blutwarm stellen. Aber ich rieche ihn. Ich schmecke ihn. Ich sehe ihn.«

Durch Marias Körper lief ein Schrecken wie nie zuvor.

Er kehrte ihr das Gesicht zu und sprach weiter: »Sie reden von ihm mit jedem Blick. Sie gehen, stehen, sitzen, wie er es gutheißt und befiehlt. Aber Sie würden jetzt nicht gezittert haben, wenn es mir nicht schon gelungen wäre, sein Bild in Ihnen zu verdunkeln. Sie haben Kraft, aber mich können Sie nicht wegdrängen, und er kann Ihnen bald nicht mehr helfen, seine Arme werden lahm.«

»Das sind Mittelchen, Igor Semjonowitsch«, sagte Maria.

»Haben Sie mich für einen bübischen Schänder genommen, für einen Dutzendhalunken? Ich kenne die Wege, die zu den verborgenen Flammen führen. Wer sagt Ihnen, daß ich auf dieses Blatt-um-Blatt-Entfalten verzichten will, auf die Entzückungen der Allmählichkeit, auf die Überraschungen und kleinen, süßen, bittern Süßigkeiten, die einen Leib mit einem Leib befreunden? Aber vielleicht bin ich imstande, vielleicht maß ich mir an, die listige Zauberstufenfolge in zwei oder drei Stunden zu pressen, die von der Faulheit und dem Mangel an Schwung in so öde Länge gezogen wird, daß die Ermattung und die Erfüllung nicht mehr Ähnlichkeit miteinander haben wie ein Schiff, das vom Stapel läuft, mit einem Wrack auf einer Sandbank.«

»Es ist möglich, daß Sie dazu imstande sind«, sagte Maria, »aber Sie können nicht einen Stoff in einen andern Stoff verwandeln, Sie können nicht das Gesetz eines Lebens umstoßen.«

Golowin lachte spöttisch. »Käme auf den Versuch an. Es ist eine Frage der Magie.«

Maria stutzte und sah erblassend in die Richtung, wo er stand.

»Sie sprechen von Zufallsbegegnung«, fuhr er fort. »Ich meinerseits glaube nicht an solchen Zufall. Sind Sie so fest davon überzeugt, daß Sie bloß eine Verkettung unbestimmbarer Umstände in diese Stadt, in dieses Haus gebracht hat und nicht mein Wille, mein Fluidum, mein Beschluß? Aber gesetzt, es sei der Zufall gewesen. Wir hätten auch zufällig auf eine entlegene Insel verschlagen werden können, um wieder von Robinsonaden zu reden. Wieviel Tage hätten Sie sich Frist gegeben bis zur Hochzeit? Oder wenn Ihnen das zu schroff klingt: Wie lang hätte, einem normalgewachsenen, normalbeschaffenen Mann gegenüber, Ihr Blut geschwiegen, falls ich sogar aus Schlauheit oder Berechnung unterlassen hätte, es zu schüren? Würden Sie einen Triumph darin erblicken, eines Schemens von Treue wegen an meiner Seite die Heilige zu bleiben? Treue; was ist Treue? Eine Übereinkunft, durch die man Entbehrungen legitimiert, die Machtprobe eines Besitzenden, das Gitter gegen den Einbruch der Ausgestoßenen, ein zugeschlossenes Ohr, eine zugekrampfte Hand.«

»Ich weiß mit derartigen Rabulistereien nichts anzufangen«, antwortete Maria; »es hängt doch alles davon ab, ob der Funke, den man schlägt, Feuer gibt oder nicht.«

»Gewiß«, pflichtete Golowin bei und näherte sich wieder; er trat in den dunkelgewordenen Teil des Raums und lehnte sich an die Bretterwand; »gewiß. Wir in unserer versteinten Welt haben nur die Methoden verlernt. Ich habe viel Umgang mit Chinesen gehabt, drüben in Übersee. Das sind Leute, die sich auf die Methoden verstehen. Es ist eine ererbte Kunst, von Jahrtausenden her. Sie lächeln über unsere Finten und Schliche, sie machen sich lustig über unsere Vierschrötigkeit und Dickhäutigkeit, sie zucken die Achseln über das, was wir unglückliche Liebe nennen. So wie man dort im Osten ein ausgebildetes System hat, das den Schwächsten befähigt, einen Athleten zu bändigen und auf die Knie zu bringen, verleiht eine langwirkende Überlieferung dem mit Erkenntnis Begabten die Macht, auch in das widerspenstigste Material körperliche Liebe zu pflanzen. Körperliche Liebe, also Liebe überhaupt, wenn man absieht von der europäischen Unzucht, die Dinge der Natur ins Blümerante und Schöngeistige zu verdrehn. Erinnern Sie sich an die berühmte Skandalgeschichte von der Entführung der Miß Holywood in Neuyork? Sie war eine Schönheit ersten Ranges, umworben von der männlichen Blüte des Landes, unnahbar, von makellosem Ruf. Eines Tages war sie verschwunden; spurlos, rätselhaft. Man setzt für ihre Auffindung Prämien von schwindelnder Höhe aus, zweihundert Detektive sind Tag und Nacht am Werk, aber erst nach Monaten entdeckt man ihren Aufenthalt in einem der schmutzigsten Winkel der Chinesenstadt. Man verhaftet eine Anzahl Chinesen, der eigentlich Schuldige ist entwischt. Die junge Dame bringt man in das Haus ihrer Eltern, aber sie ist nicht wiederzuerkennen. Sie steht nicht Rede; sie kann sich dem früheren Leben nicht mehr bequemen, sie leidet unter Ausbrüchen von Wut und krankhafter Depression, die Ärzte vermögen nichts über sie, die früheren Freunde nichts, und während man alle Hebel zu ihrer Heilung in Bewegung setzt, gelingt es ihr, eine Verbindung mit dem Entführer herzustellen; plötzlich ist sie zum zweitenmal verschwunden, und wie sie in einem hinterlassenen Brief mitteilt, ist es ihr freiwilliger Entschluß gewesen, zu dem Chinesen zurückzukehren. Die amerikanische Gesellschaft war natürlich außer sich, denn was gibt es in ihren Augen Verächtlicheres als einen Chinaman? Mich beschäftigte die Sache ungemein. Da ich keinerlei Kasten- und Rassendünkel kenne, scheute ich mich nicht, meine chinesischen Beziehungen dahin auszunützen, daß ich über den mysteriösen Fall, der durchaus kein vereinzelter war, wie ich später erfuhr, verschiedene Aufschlüsse erhielt. Was nicht leicht war. Die Chinesen sind sehr zurückhaltend, außerdem behaupten sie, es gäbe auf diesem Gebiet zwischen ihren und unsern Anschauungen keine Verständigung. Es fehlen die Vokabeln schon, behaupten sie. Aber das Glück wollte, daß ich auf einen prachtvollen Lehrmeister stieß, einen Burschen so fein wie Triebsand und so weise wie ein alter Elefant. Hören Sie auch zu? Ich sehe nicht mehr genau Ihr Gesicht. Sie werden nichts wissen wollen von dieser Weisheit und Feinheit, die in ein Labyrinth führt. Und was fruchtet sie mir, wenn Sie sich am Eingang in das Labyrinth sträuben? Es weht asiatische Wollust heraus. Das ist ein ander Ding als unsere Miniaturleidenschaften und gestatteten Gefühle. Bei dieser Mischung von Gelehrsamkeit und narkotischer Hochglut ist das Wesentliche, daß der Mensch von der Angst vor seiner untersten Tiefe befreit werden muß. Wer von uns erreicht seine unterste Tiefe? Der größte Verbrecher nicht. Dostojewskij; aber die Angst bleibt auch bei ihm. Mein Chinese entwickelte unter anderm eine ganze Philosophie der sinnlichen Beeinflussungen und Übertragungen. Die Herrschaft über das lebendige Instrument ist dann nur die eine Folge. Die Technik ist sehr individuell, aber unsere Frauen verlieren schon im ersten Stadium die Widerstandskraft. Je höher gezüchtet eine ist, je wehrloser ergibt sie sich. Ich habe das schriftliche Bekenntnis einer solchen Frau gelesen; die erstaunlichste Epistel, die mir untergekommen ist, schamlos und kühn. Es war eine vornehme Dame, Gattin eines Professors in Philadelphia, die mit einem chinesischen Diener durchgegangen war. Sie sprach von dem Glück des Grauens, von der Wonne der Verlöschung und daß sie keine Gewissensbisse darüber empfinde, die Seele, diesen lügenhaften Frieden der Seele, hingegeben zu haben für die Flammen, die sie umprasselten und dem Augenblick des Todes den der Auferstehung des Fleisches folgen ließen. Das klingt wie Wahnwitz und ist in der Tat vielleicht eine Form der Hysterie. Überdies soll sie vor ein paar Jahren in einer Vorstadt von Peking ohne Kopf und mit abgeschnittener rechter Hand aufgefunden worden sein. Alles das aber reizte mich, es mit der Praxis zu versuchen, und die Erfolge waren nicht übel; die Schule bewährte sich. Freilich fehlte das letzte Geheimnis; was hätte ich gegeben um das letzte Geheimnis! Aber wir sind zu weit dazu und zu seicht; der europäische Mensch ist nicht eng genug; etwas Ähnliches sagt schon Dimitrij Karamasoff, scheint mir. Ich stellte die Probe bei vielen an. Die Wildesten wurden zahm; wie Würmer so zahm wurden sie. So eigentümlich entseelt waren sie nach kurzer Zeit, als hätte man aus ihrem Gehirn gewisse Bewußtseinskomplexe mit dem Messer entfernt. Man wendet niemals Gewalt an; man schleicht sich ein, man umschlingt sie unbemerkt, die wunderbaren Körperchen, bemächtigt sich ihrer, indem man den Sklaven macht, den unhörbaren Schatten, das unentbehrliche andre Ich, das verachtete und verstoßene Teil, die böse, lockende Chimäre. Und so zieht man das Menschlein an sich, bis es nicht mehr entschlüpfen kann. Es gibt da Zärtlichkeiten wie Sammet; das Ohr, das Augenlid, die Spitze jedes Fingers, jede Stelle der Haut, die Höhle unter der Achsel, das alles wird belehrt, auf seine ihm zukommende Zärtlichkeit dressiert und dankt. Jedes Glied an dem geliebten Leib dankt. Jedes ist hingeschmolzen in seine besondere Lust, jedes erwacht für sich als wie ein jauchzendes, williges Tierchen, ein Flammentierchen, und was man in Armen hält, ist ein Wesen

ohne Scham und Lüge, ohne Geist und ohne Angst, uner-
gründlich wie der Himmel. Maria Jakowlewna«, seine
Stimme, die zuletzt ein Flüstern geworden war, erhob sich
und klang durch den Kontrast wie ein Schreien, »wenn ich
in Ihre Brust lange und Ihr Herz packe, gehört es mir, so
oder so. Lassen wir die Erzählungen, die Erinnerungen. Es
ist eine Welt, die vor hunderttausend Jahren war. Ja, ich reiße Ihre Brust auf, und innen ist kein Gesicht eines andern
mehr, keine Gestalt, kein Gelöbnis, kein Bild, innen ist nur
Liebe. Ich will drin verbrennen und verdorren, wenn es sein
muß, aber geben Sie mir Liebe.«

Der Mond war untergegangen. Es war völlig finster geworden. Maria erhob sich, tastete sich zum Tisch und griff
nach der Kerze. Sie fand Zündhölzer daneben und machte
Licht. Besorgt sah sie, daß das Stümpchen nicht lange
brennen würde. »Liebe«, murmelte sie, »Liebe.«

»Warum töten Sie das Wort, indem Sie es so auss-
prechen?« fragte Golowin zu ihr hinüber.

»Ich verscharre nur den Leichnam, getötet haben Sie es«,
antwortete sie ernst. »Ein Leben lang.«

»Moral, flaue Moral«, sagte er achselzuckend; »der Hieb
ist zu matt, ich pariere ihn nicht.«

Maria begann mit jener tiefen Stimme einer
Märchenerzählerin, die alles, was sie sagte, durch den
bloßen Klang versinnlichte: »Auf dem Gut hörte ich eine
Geschichte von zwei Bauern, Petruschka und Nikituschka.
Beide waren arm und konnten zu nichts kommen. Da begab
sich Petruschka auf die Wanderschaft und blieb viele Jahre
fort. Als er heimkehrte, brachte er einen Sack voll Gold mit.
Woher hast du das Gold? fragte Nikituschka gierig. Aus
dem Bergwerk hab ich's, erwiderte Petruschka und fing an,
ein stolzes Schloß zu bauen. Nikituschka läßt sich den Weg
erklären, macht sich auf, kommt aber nach einer Zeit müde
zurück. Ich habe mich verirrt, sagt er. Da begleitet ihn Pet-

ruschka, bis sie zu einem Berg gelangen, in den der Stollen führt und sagt: In den Stollen mußt du hinunter und viele Jahre graben. Es dauert nicht lange, da erscheint Nikituschka abermals unverrichteterdinge und sagt: Ich habe keine Lust, viele Jahre unter der Erde zu graben; gib mir lieber von deinem Gold, das ist einfacher. Von meinem Gold kann ich dir nichts geben, sagt Petruschka, du siehst ja, daß ich mir da ein Schloß baue; wovon soll ich die Bauleute entlohnen? Hilf auch du mir bauen, dann hast du Teil an meinem Gold.«

Sie schwieg.

»Der Hieb ist nicht stärker geworden«, sagte Golowin lächelnd; »Petruschka hätte teilen sollen, als er mit dem Gold zurückkam.«

»Was hätte es Nikituschka genützt«, erwiderte Maria mit Eifer; »er hätte seinen Anteil verschwendet und wäre so arm gewesen wie zuvor.«

»Besser zu verschwenden als mühselig zu graben«, beharrte Golowin, noch immer lächelnd, und sah sie aus den Augenwinkeln an.

»Der Verschwender ist ein Dieb«, sagte Maria; »man muß im Stollen gewesen sein; man muß gegraben haben.«

»Man muß, man muß«, spottete Golowin, und der Blick aus den Augenwinkeln wurde funkelnd; »hab ich etwa nicht im Stollen gerobotet, ich?«

»Nicht Gold gefördert, nicht Petruschkas Gold«, wehrte Maria mit erhobener Rechten ab, doch mehr seinen Blick als seine Worte; »wenn Petruschka fragt: Was hast du im Stollen gemacht, so werden Sie ihm antworten müssen: Was dich kränkt, was dein Gemüt vergiftet, was dir Leiden bereitet, dir und deinen Brüdern. Petruschka hat gebaut.«

Golowin entgegnete nichts. Er drückte den Hinterkopf an die Bretterwand, fuhr fort zu lächeln, fuhr fort, sie aus den Augenwinkeln zu betrachten. Eine eigene Unruhe bemächtigte sich ihrer, eine von unten aufsteigende und sie allmählich ganz einhüllende, seltsame Scham. Ihr wäre am liebsten gewesen, auf der Stelle zu versinken oder zu verschwinden. Es ging so weit, daß sie sich ärgerte und sich innerlich Vorwürfe machte, die Kerze angezündet zu haben. Das Herz fing an zu klopfen, es wurde ihr an den Ohren und im Nacken heiß; sie konnte sich diesen Zustand durchaus nicht erklären. Plötzlich fragte er, ohne sich zu rühren, in die Luft hinein: »Glauben Sie an das Ende?«

»An welches Ende?«

»Nicht bloß an das Ende von Maria Krüdener und Igor Golowin, das ist ja gewiß. An das Ende von Rußland und Europa meine ich, an das Ende von Eisenbahn und Telegraph, von Zeitungen und Büchern, von Kunst und Wissenschaft und Politik, an das Ende der Welt, an das Ende der Menschheit, an das Ende von allem. Glauben Sie daran?«

Maria senkte den Kopf. Nach einer Weile antwortete sie leise: »Ich glaube nicht daran. Ich glaube an das ewige Leben.«

»Glauben Sie an die Wiederkehr?« fragte Golowin, und sein Lächeln verdämmerte in den Schatten, die der flackernde Kerzenschein in sein Gesicht warf.

»Was verstehen Sie unter Wiederkehr?«

»Nichts kehrt wieder«, sprach er, ohne die Frage zu beachten, »und doch schreit jeder Atemzug im Menschen nach Wiederkehr. Nichts kann noch einmal sein, was gewesen ist, und doch ist es das unstillbarste Verlangen im Menschen, daß es wiederkommt. Wieder, wieder, das ist das Wort, bei dem man schwach wird. Solang man es nicht überwindet, ist man der Narr des Schicksals. Auch für Sie, Maria Jakowlewna, kehrt nie wieder, was einmal Ihr Stolz, Ihr Besitz, Ihr unwiderstehlicher Hinweis gewesen ist. Es kehrt nicht wieder. Er kehrt nicht wieder.«

Mit geschlossenen Augen schüttelte Maria den Kopf und sagte: »Ich weiß es so fest, wie daß die Sonne aufgehn wird: Er kehrt wieder.«

»Es gibt eine Zuversicht wider besseres Gefühl; die spricht aus Ihnen. Sie haben das Unglück gehabt, eine glückliche Ehe zu finden, sonst wären Sie ein Weib gewesen, mit dem man auf die Barrikaden gehen könnte. Schade, wenn ein Wesen mit Adlerinstinkten zur Bruthenne erniedrigt wird. Alles, was edel und flugkräftig an Ihnen war, hat die Ehe in eine Kapsel gepreßt, und Sie wagen sich nicht zu rühren aus Angst, das Gehäuse zu sprengen. Sie haben nach allen Seiten hin Versicherungen angebracht, Verpflichtungen, Dankbarkeitsklammern, Entfaltungsillusionen; wozu Sie aber hätten steigen können, wenn man Ihnen die Menschenfreiheit nicht geraubt hätte, davor verschließen Sie sich. Frauen wie Sie müßten in ihrer Jugend vom Staat beschlagnahmt werden. Die Ehe zerstört sie. Es ist, als hätte man Sand in ein kostbares Uhrwerk geschüttet. Wenn dann der große Feind kommt, ist es zu spät. Der große Feind, der große Abrechnungskommissär, der Unbestechliche.«

Sie schwieg. Ihr Gesicht hatte einen Ausdruck unnennbarer Innigkeit, der Golowin betroffen machte.

»Glauben Sie auch nicht an den großen Feind?« fragte er verdeckten Tones.

Sie blickte ihm stumm und gerade in die Augen und antwortete nicht.

»Haben Sie sich schon einmal ein Bild von ihm gemacht?« fuhr er lauernd und seltsam spöttisch fort.

»Sicherlich. Sie haben ja Phantasie. Ist er nicht einnehmend, berauschend, verführerisch? Sieht er nicht aus wie ein echter Liebhaber? Ist er nicht der Kenner der Geheimnisse, nicht eingedrungen in alles Geschriebene und Paktierte und Erforschte und Erlebte, eingedrungen aus Wollust? Die Welt ist voll von ihm. Er fegt den angesammelten Kehricht weg.«

»Ja, die Welt ist voll von ihm«, sagte Maria; »er schreit Gerechtigkeit – und mordet; er schwärmt von Bruderliebe – und mordet; er trieft von Mitleid – und mordet; er faselt von Fortschritt und Erneuerung – und mordet; er küßt und umarmt – und mordet. Er kennt kein Erbarmen in seiner – Liebe.« Sie blickte ihm noch immer in die grün funkelnden Augen. Die Kerze verlosch zischend.

Es entstand ein langes Schweigen. Maria fühlte Schwäche in den Knien, ging zu der Bettstelle und ließ sich auf die Kante nieder. Daß Golowin sich nicht rührte, war unheimliche Drohung. Grauer Schimmer webte vor dem Fenster, die erste Ankündigung des Tages. Sie wagte nicht hinzuschauen. Sie war in einen bleiernen Panzer geschnürt.

Auf einmal kam seine Stimme: »Sie sind so reich, daß Sie eine Nacht aus Ihrem Leben ausstreichen können. Für Sie nicht gelebt, für mich hundertfach gelebt. Ich spreche nicht von dieser; diese ist vorbei. Es kann die nächste sein. Ist es die nächste nicht, so wird es eine andere sein. Ich kann warten.«

Maria antwortete zwanghaft, als würde ihr die Rede von einem unsichtbaren Dritten diktiert: »Es kann keine sein.«

Er sagte: »Wir sind zwei vorgeschobene Posten. Wir können uns vergleichen ohne Rücksicht auf die kriegführenden Parteien. Es läge eine gewisse Größe darin. Kein Loskauf, kein Verrat; ein Opfer vielleicht, das viele andere überflüssig macht.«

»Ich gehöre nicht mir. Kein Haar an mir ist mein Eigentum«, entgegnete Maria.

Er sagte: »Sie fühlen sehr genau die Feigheit in diesem
Argument. Besteht ein physischer Widerstand, der unbe-
siegbar ist?«

»Auf die Frage möchte ich lieber nicht antworten.«

»Wo nur die Vergangenheit sich weigert und nicht die
Gegenwart, ist zwischen Ja und Nein kaum mehr zum Besinnen Platz.«

»Ich appelliere heute zum zweitenmal an Ihre Ritterlich-
keit.« Sie bedeckte die Augen mit der Hand.

Er sagte: »Wenn Sie Ihre Lippen auf meine drückten,
könnt ich mir einbilden, ich sei wieder Knabe und finge von
vorn an. Wiederkehr, Wiederkehr. Fürchten Sie nichts, ich
bewege mich nicht von der Stelle. Ich will ritterlich sein
wie ein Troubadour. Doch können Sie mir nicht verwehren,
zu träumen. Ich träume, daß ich Ihre Hand halte. Daß ich
sie nur mit meinen Fingerspitzen streife. Sie vergessen, daß
Sie Mutter, Gattin, Dame, Herrin sind, alle diese verruchten
Würden einer überlebten Welt. Sie sind Hand, nichts als
Hand. Darin eingeschlossen, daran geklammert meine, mit
Blut, Hirn, Trieb, Seele. Was können Sie dagegen tun? Still,
wunderbare Weiberhand; ich hauche mich in dich hinein,
und du öffnest dich wie ein Kelch ...«

Maria hörte zu, außen und innen Eis, doch von etwas
Lauem durchflutet, das betäubte. Er hatte sie nicht anger-
ührt, trotzdem fühlte sie ihre Hand wie in einem Schraub-
stock. Ihre Gedanken stoben durcheinander. Das Blut wir-
belte zum Kopf und wieder zum Herzen. Sie glaubte zu
sprechen und erschrak vor dem Wort, das sie nicht gesagt.
Mitjas ernste Augen blickten sie an. Ihr Körper war ihr
fremd, und sie fürchtete ihn. Das Bild einer Uhr erschien
ihr, ein Zifferblatt mit Zeigern, die nicht weiterrücken woll-

ten. Sie schaute gegen das Fenster. »Es wird Tag«, murmelte sie. Von der Straße schallten eilige Schritte herauf. Gut, daß die Menschen erwachen, fuhr es ihr durch den Kopf.

Mit kaum erratbarem Vibrieren der Stimme fuhr Golowin fort: »Ja, es wird Tag. Schluß des ersten Aktes. Vorhang. Die Länge der Zwischenpause ist nicht bekannt. Tut auch nichts zur Sache. Wie wollen Sie sich meiner in Zukunft erwehren? Wie wollen Sie die Macht brechen, die ich über Sie erlangt habe? Sie werden sich in Pflichten stürzen, Sie werden Aufgaben zu lösen trachten, Sie werden Menschen an sich ziehen, Sie werden das Eingestürzte aufzubauen beginnen, aber im Hintergrund werde immer ich sein, da nützt kein Sträuben und kein Tun.«

Sie konnte jetzt in der Dämmerung sein Gesicht wahrnehmen. Es glich einem fleckig grauen Tuch. Sie fand keine Widerrede. Inmitten ihrer bedrückten Versunkenheit wunderte sie sich über seine Haltung, die etwas Lockeres, beinahe Elegantes hatte. Unten schrillte plötzlich ein langgezogenes Pfeifensignal. Golowin hob den Kopf wie ein Wachthund. Er trat zum Fenster, zog eine Metallpfeife heraus und erwiderte das Signal. Gleich darauf hörte man von der Richtung des Meeres her Geschützdonner.

»Gut«, sagte Golowin, »man schnallt das eiserne Stirnband wieder um.« Er nahm den Mantel vom Haken und warf ihn über die Schulter. »Ihre Straße ist frei, Maria Jakowlewna«, fügte er mit einer Verbeugung hinzu.

Maria stand auf. Es war keine Erleichterung in ihr.

»Zwei Worte noch«, sagte er, an der Tür stehenbleibend; »das eine: Prägen Sie sich ins Herz und bitten Sie Ihren Stern darum, daß unsere Wege sich nie mehr kreuzen.«

»Nein; unsere Wege dürfen sich nie mehr kreuzen«, erwiderte sie.

»Das zweite: Es gibt kein Mittel in der Welt, durch das Sie den Frieden Ihrer Seele wiedergewinnen können, außer es kommt noch einmal zur Entscheidung zwischen uns. Und das steht dahin.«

Maria lauschte seinen starken Schritten nach, als er gegangen war. Sie drückte die flachen Hände gegen die Brust und hob das Gesicht, das bleich war, mit frommerschlossener Miene zur Höhe.

Als sie in das untere Stockwerk kam, waren alle bereits auf den Beinen und rüsteten sich zu neuer Reise. In der Freude über den Abzug der Matrosen achtete man ihrer gar nicht. Menasse unterhandelte bereits mit einem Schiffer, der eine Barke zur Überfahrt zu vermieten hatte. Sie aber fühlte die Wahrheit der Worte Golowins: die Straße war frei, aber das Ziel des Wegs war unkenntlich verdunkelt.

Adam Urbas

Unter den Aufzeichnungen des kürzlich verstorbenen Reichsgerichtspräsidenten Diesterweg, eines scharfsinnigen und geistreichen Kriminalisten vom Schlage des großen Anselm Feuerbach, befand sich auch die folgende.

An einem Oktoberabend, zu später Stunde, kam der Bauer Adam Urbas aus Aha, einem Dorf des südlichen Frankens zwischen Altmühl und Hahnenkamm, auf die Gendarmeriestation in Gunzenhausen und erstattete die Anzeige, daß er an eben diesem Tag seinem achtzehnjährigen Sohn Simon den Hals abgeschnitten habe. Er liege tot in der Kammer zu Hause. Das Messer, mit dem er die Tat verübt, trug er bei sich und überreichte es. Es war noch blutig.

Die Selbstbezichtigung, in ruhigem Ton und mit äußerst knappen Worten vorgebracht, wurde protokolliert. Auf alle weiteren Fragen des Kommissars verweigerte er die Antwort. Der Lokalaugenschein, der noch in derselben Nacht vorgenommen wurde, bestätigte seine Angaben. Man traf ein vor Entsetzen und Jammer halbwahnsinniges Weib und bestürzte Knechte und Mägde.

Adam Urbas wurde ins Gefängnis nach Ansbach gebracht.

Als ziemlich junger Richter war ich einige Wochen zuvor in diese Kreishauptstadt versetzt worden, und meinem lebhaften Ehrgeiz war es willkommen, daß man mich mit der Voruntersuchung betraute.

Der Fall schien von Anfang sonnenklar. Ein anscheinend beschränkter und in allen Vorurteilen seiner Kaste befangener Bauer hatte seinen entarteten Sprößling, von dem er nur Schande und Unheil erfahren hatte, kurzerhand aus dem Weg geräumt, sowohl um ein Strafgericht zu vollziehen, als auch um noch größerem Übel, das im Entstehen war, vorzubeugen.

Nach den übereinstimmenden Aussagen der Zeugen war der junge Urbas ein völlig verlottertes Individuum gewesen, arbeitsscheuer Herumtreiber, ständiger Gast in allen Wirtshäusern und auf allen Jahrmärkten der Gegend. Für seinen müßiggängerischen und anstößigen Wandel hatte er viel Geld gebraucht, und was ihm die gefügige Mutter, die er einzuschüchtern verstand, nicht gab oder geben konnte, hatte er sich auf andere Weise zu verschaffen gewußt. So hatte er im August beim Getreidehändler Kohn in Weißenburg auf eigene Faust achthundert Mark für gelieferte Gerste abgeholt und das Geld unterschlagen und verpraßt. In Nördlingen hatte er sich mit einem verrufenen Frauenzimmer eingelassen, das von ihm schwanger zu sein behauptete; eines Tages hatte er die Person an einen entlegenen Ort gelockt und zu erwürgen versucht. Durch ihr Geschrei waren zufällig vorbeikommende Leute alarmiert worden, und

144

so war sie ihm entronnen. Über diese Angelegenheit war die Untersuchung noch im Gange, als Adam Urbas den gerichtlichen Maßnahmen zuvorkam.

Auch aus der Knabenzeit Simons wurden Züge und Begebenheiten berichtet, die seinen Charakter in das übelste Licht rückten. Nichts entstammte dem Übermut, was er verübte, es war immer voller Tücke und Abgefeimtheit. So hatte sich zum Beispiel die Großmagd sechs neue Leinenhemden in der Stadt gekauft; freudig zeigte sie die Erwerbung dem übrigen Gesinde und der Bäuerin; es wurde zur Vesper gerufen, und sie legte die blütenweiße Wäsche auf den Tisch in der Tenne. Als sie zurückkam, waren die Hemden mit Wagenschmiere derart besudelt, daß keines mehr brauchbar war. Daß Simon die Büberei begangen, bezweifelte niemand, aber bewiesen werden konnte es nicht, so wenig wie die Sache mit dem Fuhrmann Scharf. Der hatte seinen mit Mehlsäcken beladenen Wagen vor dem Krug halten lassen; als er weiterfahren wollte, rann das Mehl in weichen Bächen auf die Straße; zehn oder zwölf Säcke waren heimlich aufgeschnitten worden. Das ist der Simon Urbas gewesen und kein anderer, hieß es; bewiesen werden konnte es nicht.

Zur Heuchelei und Hinterlist gesellten sich später Frechheit und Gewalttätigkeit, und alle Gutmeinenden waren darüber einig, daß da ein Menschenunkraut emporwuchs, so hoch, daß keine Schere mehr hinanreichte, es zu stutzen, und kein Spaten stark genug war, es auszujäten. Ich hätte auf die Fülle des gebotenen Materials verzichten können. Da war kein Problem, keine Verworrenheit, keine Tiefe; alles war eindeutig, platt und roh, zumindest, was den Ermordeten betraf.

Der letzte Akt des dörflichen Schauerdramas hatte sich am Gunzenhauser Kirchweihsonntag abgespielt. Zwei Bauern aus Windsbach hatten sich im Wirtshaus zu Aha darüber unterhalten, daß gegen Simon Urbas ein Verhaftsbefehl erlassen worden sei. Adam Urbas saß unbemerkt von ihnen am Nebentisch. Die anderen Gäste und der Wirt schielten ängstlich nach ihm hin, denn aus der Art, wie er das Glas absetzte und vom Stuhl aufstand, war zu schließen, daß er von der Nördlinger Geschichte noch nichts wußte. Die Schandtaten Simons wurden ihm nämlich so lang wie möglich verhehlt. Es war seine außerordentliche Schweigsamkeit, seine achtunggebietende Haltung und nicht zuletzt seine große Beliebtheit in der Gemeinde und in der ganzen Gegend, die einen schonenden Wall um ihn errichteten. Durch all die Jahre hatte auch die Bäuerin die schlimmsten Nachrichten aufzufangen und in ihrer Wirkung auf Urbas zu mildern gewußt. Aber wenn man annahm, daß er deshalb in Unwissenheit oder nur in halber, in freiwilliger Unwissenheit lebte, so täuschte man sich. Er verstand es eben, seine Umgebung über das, was er sah und was in ihm vorging, im Zweifel zu lassen.

Die Bäuerin hatte das drohende Unglück beim Buttern von einer schwatzhaften Magd erfahren. Als Urbas nach Hause kam, stellte sie sich ans Fenster, um ihm nicht ins Gesicht sehen zu müssen. Da ging, es war schon gegen Abend, der Ziegelarbeiter Franz Schieferer am Haus vorbei und rief ihr zu, der Simon sei drüben in Gunzenhausen im Hirschen; er traktiere die Manns- und Weibsleute und werfe mit Geld herum, daß es nur so klappre; aber, fügte er lachend hinzu, denn er war stark angeheitert, man werde den Vogel bald auf Numero Sicher haben, die Gendarmen seien schon unterwegs. Dem war freilich nicht so, wie sich später erwies; auch das mit dem Verhaftsbefehl war vorläufig leeres Gerücht.

Das ganze Gesinde war zur Kirchweih gegangen. Die Bäuerin ließ sich auf die Wandbank nieder; Urbas wanderte mit schweren Schritten in der Stube auf und ab. Da hörte man von der Straße herein schlürfendes Gehen, dann wurde an der Haustürklinke gerüttelt. Fäuste polterten wider das massive Holz, dazu erschallten Flüche. Die Bäuerin sprang auf und wollte hinaus; Urbas hob den Zeigefinger, nichts weiter; sie verharrte auf der Stelle. Nun zeigte sich Simons Gesicht am Fenster, von Trunkenheit gerötet, mit Augen voller Bosheit. Die Bäuerin schrie auf und winkte ihm zu, er solle weggehen. Er verschwand wieder, eine Weile blieb es ruhig, dann war auf der Tenne Lärm. Er war durch die Tür auf der Hofseite ins Haus gelangt. Im Dunkeln stieß er gegen das Gerät; man vernahm einen Sturz; die Bäuerin riß die Stubentür auf, und im hinauslohenden Lampenschein gewahrte sie, wie sich der betrunkene Mensch mühsam vom Boden aufrichtete. Die Arme gegen die beiden in der Stube reckend, drang eine gräulich lästernde Rede aus seinem Mund; vielleicht war dieser Augenblick entscheidend für Urbas. Die Bäuerin sagte aus, daß sie ihn vom Kopf bis zu den Füßen habe zittern sehen. Simon hatte sich indessen zu seiner Kammer getastet; er schlug dröhnend die Tür hinter sich zu, dann war es wieder still. Urbas schaute in die finstere Tenne hinaus, die Bäuerin stand hinter ihm, das Gesicht in die Schürze gepreßt. Das dauerte so an fünf Minuten. Hierauf verließ Urbas die Stube und ging hinüber in die Kammer. Die Bäuerin versicherte, daß sie geahnt und gespürt habe, was kommen würde, daß ihr aber die Glieder wie gefroren gewesen seien und sie während der ganzen Zeit ihrer Sinne nicht mächtig war. Ob Simon so berauscht gewesen, daß er gleich, nachdem er sich auf die Bettstatt geworfen, in Schlaf verfiel, oder ob sie noch miteinander geredet, Vater und Sohn, ließ sich deshalb nicht ermitteln. Einmal sagte sie, es sei alles still geblieben, dann wieder, sie hätten miteinander geredet, und zwar ziemlich lange; die beiden Türen waren aber geschlossen gewesen, und da sie nach ihrer Behauptung im Ofenwinkel gesessen war, konnte, wie durch mehrmaligen Versuch erwiesen wurde, der Schall von bloßem Sprechen unmöglich zu ihr gedrungen sein. Auch ihre Angaben, wie lange Urbas in der Kammer geweilt, waren auffallend unsicher; bald sagte sie, es könne nur eine Viertelstunde, bald, es müßte mehr als eine Stunde gewesen sein. Das Mordmesser hatte nicht Urbas gehört, sondern dem Sohn; ob es dieser bei sich getragen oder ob es in der Kammer gelegen, war ebenfalls nicht zu ermitteln. Hierüber verweigerte Urbas jede Auskunft, und so wichtig der Umstand war, er konnte vorerst nicht ins klare gebracht werden.

Ich gestehe, daß mir alle diese Vorgänge trotz ihrer Unheimlichkeit zunächst wenig Interesse einflößten. Sie waren als Begleiterscheinung eines solchen Verbrechens typisch. Der Vater ein unbeugsamer Starrkopf, beleidigt in seinem bäuerlichen Ehrgefühl, in echt bäuerlichem Dünkel keine Instanz über sich anerkennend, der Sohn ein Lump, dessen vorzeitiges und gewaltsames Ende man kaum recht bedauern konnte; die Mutter haltlos zwischen beiden schwankend; es war die übliche Konstellation, und die Gerechtigkeit konnte ihren Lauf nehmen, ohne daß sie auf hemmende Dunkelheiten stieß.

Nach und nach aber, bei genauem Einblick in die Vergangenheit und die Art des Adam Urbas, wurde meine Aufmerksamkeit nachhaltiger gefesselt. Es war, als gingest du an einer Mauer entlang, die aussieht wie alle ändern Mauern in der Welt; plötzlich gewahrst du, erst kaum bemerkbar, dann immer deutlicher, gewisse Zeichen und Runen, die zu prüfen ein Etwas dich zwingt; du kommst nicht mehr los, du beginnst Gruppe um Gruppe zu entziffern, und schließlich wird dir eine unerwartete Mitteilung über das verschlossene Gebiet, das hinter dieser Mauer liegt.

Die Urbassche Ehe war dreizehn Jahre kinderlos gewesen. Die Frau hatte es als unabwendbares Schicksal getragen, der Mann aber hatte sich aufgelehnt gegen den Spruch der Natur. Er war der Letzte eines uralten Bauerngeschlechts; in fränkischen Chroniken des vierzehnten Jahrhunderts schon werden die Urbas genannt.

Ihn dünkte es wie Schmach, daß er keinen Leibeserben haben sollte. Wozu war das Schaffen und Sparen, Säen und Ernten? Wozu das Haus mit den gefüllten Truhen, das Vieh im Stall, das Getreide in der Scheune, wozu Acker und Wiese, Mühle, Fluß und Wald?

Er äußerte sich nicht; gegen sein Weib nicht, gegen andere Menschen nicht. Er verzog keine Miene, wenn die andeutende Rede darauf fiel. Kein hartes Wort das Jahr über, keine Erkundigung.

Aber einmal im Monat geschah es, daß er den Blick auf der Frau ruhen ließ. Es ging höhere Gewalt aus von dem Blick. Er wurde dabei nicht von einer bestimmten Absicht gelenkt; es gewann Macht über ihn und brach hervor. Auf dem Feld konnte es sein: er hörte auf, die Garbe zu binden, und schaute sie an; beim Abendessen: er ließ den Löffel in die Schüssel fallen und schaute sie an; in der Nacht: die Bäuerin erwachte, er lag da, auf den Arm gestützt, und schaute sie an. Auf dem Platz vor der Kirche: sie stand im Gespräch mit andern Weibern, plötzlich verstummte sie, denn er stand drei Schritte vor ihr und schaute sie an. Ohne Zorn, ohne Drohung, ohne Vorwurf, nur prüfend, aus umbuschten Augen still und lang.

Einmal im Monat geschah es und war mit Sicherheit zu erwarten. Anfangs ging es der Bäuerin nicht nah. Sie hielt es für eine Schrulle. Sie gab sich keine Rechenschaft, worauf es abzielte. Sie lachte; sie zwang sich zu einem muntern Wort. Später duckte sie sich, flüchtete mit Sinn und Auge; aber es kamen Stunden und schließlich Tage, wo sie in Grübeleien verfiel und die Frage, die sie an den Bauern nicht zu richten wagte, an seinen geisternden Schatten richtete.

Können Menschen nicht miteinander reden, grübelte sie; wozu hat einer die Zunge im Maul, daß er nicht sagt, was er begehrt? Sie beschloß, den Mann anzuhalten. Doch wenn es so weit war und sie vor ihn hintrat, entfiel ihr der Mut. Verschuldung wuchs, um Aufschluß drängte eine Stimme, Aufschluß kam nicht, sie fühlte sich nicht schuldig, etwas war schuldig, aber das Etwas war in ihr.

Das wechselnde Tun während der lebendigen Jahreszeiten zwang die Tage immer wieder ins gleiche, aber für eine immer kürzer werdende Spanne. Die Angst vor des Bauern Blick, der auf sie eindrang, sooft das Blutzeugnis die Schuld vergrößerte, lähmte die Gedanken. Vom November bis zum Februar rückten die Steine und Balken des Hauses gefährlich aneinander, in den Stuben war schwere Luft, der Himmel klebte an den Fensterscheiben, der Abend war ein nasser Sack um den Leib, das Linnen schleifte bleich über die Diele, die Kühe lagen in rosigem Dampf, und durch die Schneeschlucht heran zum Stall schwankte durch Irisringe breitgängig, die Laterne in der Hand, die hochschwangere Magd.

Alles war Leib, alles war Angst. Achtundzwanzig Tage und Nächte waren ohne Einschnitt; Urbas saß am Ofen, die Pfeife zwischen den Zähnen; ging ins Wirtshaus und kehrte am Abend zurück; saß wieder am Ofen und studierte die Zeitung; erhob sich, wenn der Topf mit Kraut und Klößen hereingetragen wurde; sprach das Gebet; hörte still zu, wenn die ändern redeten, und nichts Heimliches war in seinen Mienen, kein Groll, der sich sammelte, nur Schweigen.

Dann aber kam die Stunde. Die Bäuerin spürte es schon in jeder Ader; die Haare fingen an zu knistern. Eine Tür ging auf, und er stand da; am Morgen, am späten Abend; war es nicht in der Stube, so war es in der Tenne; stand da mit dem unerforschlichen Blick. Kein Räuspern, kein Aufzucken, kein Wort, nur der Blick: Warum nicht? Warum alle und du nicht? Warum liegt dein Acker brach?

150

Zwölf Jahre waren so verflossen, da hatte die Kraft der Frau ein Ende. Ihr Gemüt umdüsterte sich. In den Nächten wälzte sie sich schlaflos. Durch die Finsternis brannten die Augen des Bauern, auch wenn er schlief. Hörte sie bei Tag seinen Schritt, so verkroch sie sich in einen Winkel der Scheune und kauerte zitternd, bis von allen Seiten das Rufen nach ihr erschallte. Die Zügel der Wirtschaft waren gelockert, das Gesinde wurde lässiger.

Sie versagte sich ihm. Ihr graute vor seiner Umarmung. Ergab sie sich nicht, so hatte er nichts zu fordern, schien es ihr in der Verdunkelung ihrer Sinne. Sie wurde kalt an Haut und Blut; das Weib in ihr erstarrte. Da aber fing Urbas an, um sie zu werben. Es war wie nie zuvor. Sie hatte es nie kennengelernt. Nicht mit Worten warb er, vielmehr in einem scheuen Dienst. Es lag oft etwas Beklommenes darin, als habe sie sich versteckt, und er müsse sie finden; als suche er und könne sie nicht finden. Er glich einem Tier, das leidet. Ein Jahr lang oder noch länger währte dies, und in der Zeit verlor sich die Angst der Bäuerin, denn sie merkte, daß sie nicht bloß eine an ihn hingeworfene Kreatur in seinen Augen war, der man zu fressen gibt und die man karessiert, wenn sie geschuftet hat, und einen Fußtritt verabreicht, wenn sie nicht leistet, was man von ihr verlangt, sondern daß sie noch was anderes für ihn bedeutete, der Ehrung und der Befragung Würdiges. Sie wandte sich ihm mit bereitwilligerem Herzen wieder zu; einen Monat darauf wurde sie schwanger.

Als dies keinem Zweifel mehr unterlag, verwandelte sich ihr Wesen vollends. Mit jungen Schritten eilte sie durchs Haus, trieb die Säumigen heiter zur Arbeit, legte selbst überall Hand an, gesprächig, hell, aufgeblättert. Staunen war um sie. Auch Urbas wunderte sich. Sie mochte ihm, was bevorstand, nicht geradezu ankündigen; sie wünschte eine Form, in der es festlich und wie ein Geschenk wirken sollte. Am Gründonnerstag legte sie das Staatskleid an, dazu die langen schwarzen Kopfschleifen mit den silbernen Spangen, dann rief sie Urbas in die obere Stube, wo die Glasschränke standen mit dem alten Silber und Porzellan, Jahrhunderterbe. Gewichtig setzte sie sich in den Lehnstuhl, faltete die Hände über dem Leib und sagte, was zu sagen war, kurz und simpel.

Durch Urbas mächtigen Körper ging ein Ruck. Als sie von dieser Stunde sprach, neunzehn Jahre später sich dieses Geständnisses entsann und wie Urbas sich dabei verhalten, war ihr noch immer die Erschütterung anzumerken, die sie damals gespürt. Sein erdbraunes Gesicht wurde rot wie Mohn. Er stieß eine dröhnende Lache aus. Darnach rann ihm die Nässe aus den Augen. Er trat auf sie zu und schlug sie so derb auf die Schulter, daß sie schrie. Bestürzt, sie könne nicht als Liebkosung nehmen, was so gemeint war, tätschelte er ihr den Rücken, zärtlich, andächtig und ließ dazu ein melodisches Gebrumm in der Kehle orgeln.

Auf sein strenges Geheiß mußte sie sich pflegen. Er ging heimlich zum Doktor und bat um Weisungen. Damit die zwei Arme nicht fehlten, heuerte er noch eine Magd. Er überwachte sie; er räumte ihr aus dem Weg, was sie beim Schreiten hinderte. Als die Kinderwäsche genäht wurde, saß er bisweilen mit runden Augen daneben und wiegte den schweren Schädel.

Alles verlief der Natur gemäß, auch die Stunde am Ausgang der neun Monate. Lange hielt Urbas das Neugeborene in der Hand, lange betrachtete er das trübselig-ungestalte Ding. Auf seiner Stirn wetterte es freudig und sorgenvoll.

Simon wuchs auf wie alle andern Bauernkinder; es wurde ihm nichts leichter gemacht. Keine Kenntnis durfte ihm davon werden, wie lang man auf ihn gewartet hatte und mit welcher Ungeduld. Was er seinen Leuten wert war, mußte sich aus seiner Brauchbarkeit ergeben. Frühe Launen zerschellten an der festgefügten Ordnung; frühe Krankheiten waren die Probe, die zu bestehen war: taugst du oder taugst du nicht? Allerdings, wer scharf zusah, konnte dann an Urbas eine unruhige Gespanntheit wahrnehmen, als behorche er den innersten Blutgang im Leib des Knaben.

Das Behorchen blieb in seinen Zügen. Es grub sich faltenmäßig ein. Schien es, wie wenn er nicht beachte, was Simon tat und sprach, so war es falscher Schein. Niemand in seiner Umgebung konnte ermessen, mit welcher Genauigkeit er in diesem Punkte sah. Ich erfuhr es. Ich erfuhr es in einer Weise, die weder zu vergessen noch eigentlich mitteilbar ist. Es wären dazu andere Behelfe nötig, als sie mir zur Verfügung stehen.

Eine fast erhabene Vorstellung von dem Verhältnis zwischen Vater und Sohn war mit seinem Wesen verschmolzen. Er fühlte sich als Bauer, das heißt, er fühlte sich als König. Die Erde war seine Erde. Der Knecht war sein Knecht. Wetter wurde für ihn gemacht und für den Acker und für die Ernte. Er war Herr über das Land; sein Auge grenzte es ab bis zu dem Stein, der von altersher unverrückt stand; kein Halm, der nicht in seinem Namen aufschoß. Eigentum war das Heiligste von allem, und Eigentum war des Herrn bedürftig, daß er es wachsam und unerbittlich verwalte, bis auf den Pfennig, bis auf das Saatkorn. Der Sohn übernahm es vom Vater, der Vater gab es dem Sohn, durch alle Zeiten hindurch; so war die Ordnung der Dinge, anders war die Welt nicht zu verstehn.

Aber das heißt vorgreifen, und ich will den Faden behalten.

Die förmlichen Verhöre, die ich mit Urbas vorzunehmen verpflichtet war, führten zu keinem nennenswerten Ergebnis. Die Antworten waren immer dieselben, und sie jedesmal wiederholen zu sollen schien ihm verwunderlich und lästig zu sein. Er beschränkte sich auf die Tatsache; erklären wollte er nichts. Sich zu verteidigen verschmähte er, auch von einem Rechtsbeistand wollte er nichts wissen, und meinen Belehrungen und Ratschlägen setzte er eine obstinate Gleichgültigkeit entgegen. Als ich ihm nahelegte, daß er durch eine freimütige Darstellung der Beweggründe seines Verbrechens eine bedeutende Strafmilderung erzielen könne, antwortete er lakonisch: »Es ist nicht an dem.« Ich entschloß mich, auf die fruchtlosen Inquisitionen zu verzichten, zumal die Zeugenaussagen und alles, was mir über die Person des Ermordeten wie über die des Angeklagten selbst bekannt geworden war, eine lückenlose Motivkette geschaffen hatten.

Dennoch gab es zwei Momente der Ungewißheit, die aufzuhellen noch nicht gelungen war. Das eine war das Gutachten des Gerichtsarztes über den Leichenbefund am Tatort. Die Lage des Körpers zeigte nämlich nicht das geringste Merkmal von verübter Gewalt, weder an der Art, wie die Gliederstarre eingetreten war, noch an den Kleidern, noch am Gesichtsausdruck. Wäre nicht die Selbstbeschuldigung des Bauern gewesen, so hätte sich der Beweis des Mordes schwer anbringen lassen. Das zweite knüpfte sich an das unbestrittene Faktum, daß das Messer dem Simon Urbas gehört hatte. Der Bauer behauptete, es sei im Hosengürtel Simons gesteckt, und er habe es einfach herausgezogen; auch zu dieser Angabe verstand er sich erst nach häufigem, ernstlichem Drängen. Sie trug das Gepräge der Unwahrscheinlichkeit an sich, und am nächsten Tag widerrief er sie auch und sagte, das Messer sei aufgeklappt auf dem Tisch gelegen; Simon habe in der Frühe noch Brot damit geschnitten. Als ich ihm mein Erstaunen über diese Veränderung einer wichtigen Aussage nicht verhehlte, blickte er scheu zu Boden. Es war das einzige Mal, daß ich etwas wie Verwirrung an ihm zu beobachten glaubte.

Den beharrlich schweigenden Mund zum Reden zu bringen wurde zwangvoller Trieb für mich. Fast ununterbrochen waren meine Gedanken mit dem Menschen

beschäftigt; die Deutlichkeit der Erscheinung, die Hart-
näckigkeit, mit der sie mich verfolgte, beunruhigte und
quälte mich. Immer wieder rief mir eine Stimme zu: der
Mann ist kein Mörder; das ist der Mahn nicht, der hingeht
und einem andern den Hals abschneidet, wie man ein Huhn
schlachtet; dem eigenen Sohn mit Abscheu erregender Brutalität zum Henker wird. Doch hatte er es ja gestanden. Was
war vorgegangen? Auf die Frage nach der Dauer seines
Aufenthalts in der Kammer hatte er stets geschwiegen oder
höchstens die Achseln gezuckt; erst beim letzten Verhör
waren ihm, beinahe wider Willen, die Worte entschlüpft, er
schätze, es könne eine halbe Stunde gewesen sein. Was war
in dieser halben Stunde vorgegangen? Er gewahrte mein
Nachdenken, und sein Gesicht verfinsterte sich.

Ich sah, den eigentümlichen Zustand meiner Unruhe und
Ungeduld zu beenden, keinen ändern Weg, als den Bezirk
der Beruflichkeit zu verlassen und ihm gegenüberzutreten,
Mensch gegen Mensch. Ein gewisses Vertrauen glaubte ich
mir bei ihm erworben zu haben; sooft ich mich bemüht
gezeigt hatte, Heikles zart zu behandeln, glaubte ich eine
dankbare Regung in ihm verspürt zu haben. Zögern machte
mich nur noch die Erwägung, ob sich nicht der angeborene
Argwohn gegen den Zudringling aus der fremden Sphäre
wenden würde, ob es nicht an den Mitteln zu natürlicher
Verständigung von vornherein mangle. Aber darüber halfen
mir Bild und Gestalt hinweg; Adam Urbas war ja kein
Bauer gewöhnlicher Sorte; er gehörte zu unserer Bauern-
Aristokratie, seine bloße Haltung zeugte von Scharfsinn
und Noblesse, und so hoffte ich, daß ich den Weg zu ihm
nicht vergeblich bahnte. Ich überlegte nicht länger; eines
Abends im Dezember war es, als ich in das Gefängnisge-
bäude ging und mir die Zelle aufsperren ließ, in der sich
Urbas befand.

Ich hatte ihm Vergünstigungen für die Haft erwirkt. Es
war ein wohnlicher Raum, anständig möbliert mit Wascht-

isch, Bett und Spiegel, behaglich warm. Er saß bei der Lampe und hatte die Bibel vor sich aufgeschlagen. Ich grüßte, zog den Mantel aus, hing ihn an den Türhaken und setzte mich Urbas gegenüber an den Tisch.

Sein Anblick frappierte mich jedesmal aufs neue; auch jetzt. Er war massig wie ein Stier. Sein Kopf hatte die Rundheit der eingeborenen fränkischen Brachykephalen, doch wies der Schädel, besonders die Bildung an den Schläfen, Merkmale alter Zucht auf; die Knochen waren dort auffallend dünn, die Haut bläulichgelb und fast durchscheinend. Der Mund war weit geschnitten, mit festverpreßten, schmalen Lippen, die Nase gebogen, mit starkem Sattel; das Gesicht, an das eines alten Schauspielers erinnernd, war sorgfältig rasiert, die Hände waren die eines Riesen. Die träglidrigen Augen öffneten sich selten; dann aber hatte der Blick eine überraschende Durchdringungskraft, so daß es auch mir nicht leicht war, ihn auszuhalten.

Um das Gespräch einzuleiten, sagte ich, ich hätte schon lange das Bedürfnis empfunden, ihn aufzusuchen. Ich käme aber nicht in meiner Amtseigenschaft, sondern, wenn er wolle, als Freund, dem ein Besuch zufällig erlaubt sei. Im Grunde sei er mein Schutzbefohlener, und ich trüge die Verantwortung für sein Wohlergehen.

Er blickte mich schweigend an. Nach geraumer Weile sagte er: »Sehr gütig von Ihnen.«

Ich wehrte ab. »So möchte ich es nicht aufgefaßt haben«, sagte ich ungefähr; »ich wünschte, Sie sollen mir jetzt nicht mißtrauen. Dem Richter mißtraut man, unwillkürlich. Sie denken sich: Kommt er nicht als Beamter, um seine Akten vollzuschreiben, so kommt er doch als Neugieriger, um zu schnüffeln. Weder das eine noch das andere ist meine Absicht. Die Akten sind so gut wie geschlossen; wir stehen vor der Verhandlung. Zur Neugier ist für mich wenig Anlaß; es ist mir ja alles bekannt, will mir scheinen. Warum ich gekommen bin, weiß ich selbst nicht genau. Ich mußte. Es war wie Pflicht.«

Wieder antwortete Urbas lange nicht. Endlich sagte er: »Ich glaube Ihnen.«

Ich griff das Wort auf. »Wenn Sie mir glauben«, erwiderte ich, »dann können wir uns ja über das Geschehene wie zwei gute Bekannte in Ruhe unterhalten.«

Urbas dachte nach. Hierauf sagte er: »Wozu soll ich denn reden? Schlimm genug, daß es hat geschehen müssen.«

»Das ist eben die Frage«, warf ich ein; »hat es geschehen müssen? Müssen?«

Er hob den Kopf, aber die Lider blieben gesenkt. »Daran zu zweifeln wäre die pure Vermessenheit«, sagte er.

»Es gibt nicht nur einen Zweifel«, beharrte ich, »sondern die menschliche Gesellschaft verwirft Ihre Tat und verabscheut sie. Wollte jeder in einem solchen Fall nach eigenem Gutdünken entscheiden, so wäre des Schreckens kein Ende, so lebten wir wie unter reißenden Bestien. Wie Sie sich vor sich selbst und Ihrem höchsten Richter verantworten werden, weiß ich nicht. Uns Menschen sind Sie die Verantwortung noch schuldig.«

Urbas schüttelte den Kopf. »Was kann das Reden hinzutun oder wegtun?« murmelte er gleichgültig.

»Zwischen Ihnen und uns muß reiner Tisch werden«, sagte ich; »solange Sie sich trotzig verschließen, bleibt alles ein wüster Graus.«

»Wenn einer aber nicht die Worte hat?«

»Hat er sie nicht oder verweigert er sie nur aus Hoffart und aus Trotz?« entgegnete ich. »Prüfen Sie sich.«

Er sagte: »Die Zunge ist schwer; ich bin's nicht gewohnt.«

Seine Stirn furchte sich. Ich sah, daß ich nicht weiter in ihn dringen durfte. Ich wartete. Endlich murrte es aus seiner Brust: »Ich hab ihn gemacht.« Sein Blick bohrte nach unten. »Wenn ich ihn gemacht habe, darf ich ihn dann nicht auch vertilgen?« fragt er mit einem seltsamen, listig-bösen Ausdruck. »Das mögt ihr Leute bestreiten, soviel ihr wollt: Den einer gemacht hat, den darf er auch wieder vertilgen, wenn's nur zum Unheil war, daß er kam. Ich hab ihn mir geholt; herausgegraben aus seiner Mutter Schoß. Andere Weiber tragen die Frucht neun Monate. Von der kann man sagen, sie hat sie dreizehn Jahre getragen. Ich hab ihn von ihr verlangt; ich hab ihn vom Herrgott verlangt. Ich hab ihn mir zurechtgerichtet, bevor er noch da war. So und so, dacht ich, wirst du mir werden. Wie ein Stück Lehm, das einer aus dem Erdreich schneidet und bastelt daran und knetet es nach seinem Sinn. Auf einmal hat er nichts als eitel Dreck in der Hand. Da schmeißt er's wieder hin, von wo er's hergenommen hat.«

Der listig-böse Zug verstärkte sich. Er musterte mich durch einen Spalt zwischen den Lidern. »Daß es zum Unheil war, hat sich erst nach und nach erwiesen«, sagte ich.

Er unterbrach mich mit einer herrischen Gebärde. »Von Anbeginn mißraten. Mißratenes Blut; ich hab es mit meiner Nase gerochen. Andere, von schlechterer Herkunft, wachsen auf, ohne daß man ihrer viel achtet, und mißraten doch nicht. Biegen sie sich am Anfang krumm, so biegt sie die Zeit wieder grade. Bei ihm wurde das Krumme immer krummer. Da sah ich, es wird großes Leid entstehn. Und so war's. Jeder Tag ein Sandkorn davon, zuletzt ein Berg. Da bin ich gestanden und habe mich gefragt: Was will das werden? Hat man's an einer Stelle fortgeschaufelt, war's an der ändern doppelt so hoch; hat man's angegriffen, ist's zwischen den Fingern zerronnen. Es war keine Hilfe.«

»Aber können nicht auch schadhafte Keime durch eine sorgfältige Pflege zum Gedeihen geführt werden?« hielt ich ihm entgegen. »Haben Sie sein Gewissen zu wecken versucht? Haben Sie ihn in ernstliche Zucht genommen?«

Urbas hob zum erstenmal die schweren Lider, und in seinen Augen war etwas Verstörtes. »Herr«, erwiderte er jäh, »das Element kann einer nicht bewältigen. Schafft's das Auge nicht, so schafft's auch das Maul nicht, hab ich mir gesagt. Schafft's das Beispiel nicht, so schafft's auch der Prügel nicht. In dem Punkt, den Sie meinen, hat die Bäuerin ihre Schuldigkeit getan. Eine Weibsperson versteht das besser. Wenn er nicht hat spüren können, daß meine Stimme auch dabei war, was war dann an ihm nutze? Wenn er nicht hat hören können, was ich ihn ohne mein Reden habe vernehmen lassen, wäre auch des Propheten Wort nur leerer Schall für ihn gewesen. So hab ich mir gesagt. Ich bin vorangegangen, er hätte nachgehen können; ich bin ihm nachgegangen, er hätte sich umdrehn können. Er hat mich nicht gesehen, er hat mich nicht gehört. Mich widert's, daß ich einen Menschen soll packen und ihm ins Ohr schreien: Mensch, sei ordentlich. Was soll das frommen, wenn's ihm nicht in der Art liegt? Verzieht einer seine Fratze zum Hohn, während andere beten, so ist er eine verlorene Kreatur. Zucht schlägt an, wo nicht an der Wurzel der Wurm schon nagt.«

»Wußten Sie denn das ganz genau?« fragte ich, und wie ich vermute, nicht ohne Schüchternheit, denn seine Worte, seine Stimme hatten finstere Wucht. »Waren Sie denn von Ihrer eigenen Unfehlbarkeit so fest überzeugt?«

Er streckte den Arm über den Tisch und antwortete schweratmend: »Wenn mein Fleisch und Blut wider mich aufsteht, so kann ich nicht mit ihm rechten wie mit einem Händler, der mich betrügt. Wenn der Same, den ich ausgestreut, mir als Schlangenbrut entgegenzüngelt, so kann ich nicht wie ein Schulmeister mit dem Bakel dreinfahren. Das hat kein Verhältnis, das hat keine Menschenwürde. Wenn einer Böses wirkt und Aberböses, auf den man die

Zukunft gebaut, unabänderlich Böses, bis Haus und Hof im Schlamm ersticken, was soll man da tun? Soll man ihm die Knochen anders renken, ein anderes Hirn und Herz einblasen?«

Sein Gesicht, in seiner ganzen Mächtigkeit, bebte und flammte. Derselbe Mann, der sich so lange, ein Lebensalter vielleicht, der mitteilenden Rede enthalten, riß vor meinen Augen sein Inneres auf und hatte Worte, Bilder, Töne, die mich verstummen machten und fast mit Angst erfüllten. Doch ich hatte plötzlich den unabweisbaren Eindruck, daß er nur scheinbar mit mir redete, nur scheinbar sich an mich wendete; daß er in Wirklichkeit sich eines abwesenden Bedrängers zu erwehren suchte, der nicht erst seit heute ihm mit Fragen und Vorwürfen zusetzte. Mir wollte es scheinen, als wäre alles, was er gegen mich äußerte, schon als feuriggärender Stoff in ihm angesammelt gewesen, und nun quölle es aus ihm heraus, schleudre sich hervor; er konnte es nicht hemmen, und während dies Gewaltige, gewaltig Unterdrückte redete, schien er selbst in Grimm und Qual und noch immer stumm zu lauschen.

Übrigens klang seine Stimme ruhiger, als er mit eckigen Kinnladenbewegungen, den Kopf gesenkt, fortfuhr: »Es könnte wer fragen: Wann hast du angefangen, alles zu wissen, und wann hast du aufgehört zu hoffen? So frage er den Aussätzigen: Wann hat deine Haut zu schwären angefangen? Er hat es am ersten Tag gewußt, natürlicherweise, aber den Aussatz hat er erst geglaubt, wie es ihn ins Siechenbett gezwungen. Bin gelegen, Nacht für Nacht; hab gesonnen und gesonnen. Hab mich durchforscht, hab ihn durchforscht. Hab dies erwogen, hab jens erwogen. Hab zugesehen und zugesehen, wie der Aussatz um sich gefressen hat. Hab mir den Geist zermartert, wie das Übel zu fassen wäre. Zucht! Zucht kommt immer um den Schritt zu spät, den die Unzucht voraus hat. Das Rohr, mit dem ich seinen Rücken zerbläut, war mir in der Faust zerbrochen, und die Narben auf dem Fleisch hätten ihn bloß verhärtet. Hätt' ich ihm Regeln vorsagen sollen? Was für Regeln? Welche sind erprobt? Hätt' ich ihn an Ketten legen sollen wie einen Hund? Alles, was ich an ihm angepackt, war doch mein. Ich der Baum, er der Zweig; ich der Docht, er das Licht; ich das Erdreich, er der Quell. Wie soll denn der Baum zum Zweig reden? Es rinnt ja der nämliche Saft durch. Und der Docht zum Licht? Er nährt es ja. Und der Boden zum Wasser? Es kommt ja aus ihm. Schön; aber woher kommt die Schlechtigkeit? Sie ist da und breitet sich aus wie das Feuer in dürrem Holz; aber woher kommt sie? Und was das für ein unbarmherziges Gestaffel hat: erst die kleine Lüge, dann die große; erst das Tier malträtiert, dann den Menschen; erst Tagdieberei, dann Ehrabschneiderei; erst ein Hansguckindieluft, dann ein Hurentreiber. Kein Respekt, kein Glauben, keine Redlichkeit, keine Liebe. Woher ist das alles gekommen? Aus mir? Es ist wohl schließlich an dem. Und da hab ich mich gefragt: Wo, Urbas, und wann ist dein sterblich Teil oder dein unsterbliches so von der Hölle versengt worden, daß du solchen Stank und Unrat in die Welt gesetzt hast? Ist denn der Mensch nichts als ein geiler Schleim, daß er nur wieder geilen Schleim hervorbringt?«

Er sah mich mit seinem großen Blick an wie ein Lastenschlepper, der unter der schweren Bürde keucht. Es entstand eine Stille. Er wischte sich mit dem Rockärmel die Feuchtigkeit von der Stirn. Ich begriff seine Erschütterung, und sie teilte sich mir mit, aber mein in Zwiespalt geratenes Gefühl zieh ihn der Überheblichkeit, und ich konnte mich nicht enthalten, es zu äußern. »Ein solches Maß von Verantwortung sich zuzuschreiben geht meines Erachtens weit über das hinaus, was einem Menschen verstattet ist«, bemerkte ich; »übernimmt man sich in dem, wozu man sich verpflichtet wähnt, so vergreift man sich auch in seinen Rechten. Sie berufen sich in allen Stücken auf sich allein; als Mann und Vater nur auf sich selbst. Wie steht dann aber die Mutter da, die doch den gleichen Anspruch auf den Sohn hat, den stärkeren sogar? Die wird Ihre Gründe nicht billigen und gewiß nicht die Tat, für die Sie alle Bande der Familie zerreißen mußten.«

»Darüber läßt sich nicht disputieren«, antwortete Urbas hart; »das geht dorthin, wo das Denken aufhört. Ob sie meine Gründe bewilligt, weiß ich nicht. Sie hat verspielt, und ich hab verspielt. Ist bei ihr der Kummer groß, so ist bei mir die Verdammnis noch größer. Bleibt ihr nichts vom Leben übrig, so ist mir's schon vergällt seit Jahr und Tag. Freilich ist sie mehr zu bedauern. War's doch, als gab ihr Leib ungern die Frucht her und sträube sich ahndungsvoll gegen meine eitle Torheit und Ungeduld. Man muß nur die Natur recht verstehn, aber man versteht sie mitnichten und will's besser machen und rennt wie ein Bock wider die verriegelte Tür. Es sollte kein Weib ein einziges Kind haben, da steht zuviel drauf. Meine Mutter hatte neun; davon sind allerdings sieben gestorben; meine Ahn sechzehn, und auch von denen sind acht früh mit Tod abgegangen. Solches Sterben hat nichts Bitteres. Von den Körnern bei der Aussaat gehen auch nicht alle auf. Ein einziges Kind soll man nicht haben; damit nimmt man sich zuviel vor, wie beim Lotteriespiel. Da ist kein Ausgleich, da schlägt die Flamme auf einen zurück und wird Qualm. Eine Mutter bangt vielleicht, und ihr Gemüt fällt in Finsternis, wenn ihr ein und alles verworfen ist vor Gott und Menschen; aber sie ist drin gefangen für Zeit und Ewigkeit, und träte er mit der aufgehobenen Hacke vor sie hin, sein Leben gälte ihr mehr als ihres. Kein Gut, kein Böse mehr; das Blut schreit lauter. Ich derweil! Vater, hat's mich angerufen. Was ist das, Vater, hab ich mich gefragt und hab nach dem Ursinn geforscht. War ich zur Magd ins Bett gegangen und hätte mit ihr einen Sohn gezeugt, der hätte mich auch Vater genannt. War's dasselbe gewesen? Es wäre nicht dasselbe gewesen. Vielleicht war der der Geratene, der Ehrfürchtige, der Gewünschte gewesen. Warum nicht ihn gezeugt, warum den

Mißratenen? Aber da steht das Gesetz dagegen auf, und das Gesetz ist heilig. Und war dann das Weib noch mein Weib gewesen? Ich will einmal sagen: Der Mann reicht weiter hinauf und hinunter denn das Weib. Ich will auch dieses sagen: Der Vater ist tiefer in der Schuld denn die Mutter. Die Mutter sitzt am Rocksaum unseres Herrn, und er mag ihr nichts zuleide tun. Nach dem Vater wird gefragt, er muß Rechenschaft ablegen. Mitteninne steht er in der Geschlechterkette; die obern deuten auf ihn, und die untern deuten auf ihn. Er darf sich nicht gefallen in der Zärtlichkeit und Liebkosung, denn aus den Augen des Sohnes schaut ihn die Gemeinde an, schaut ihn der Kaiser an, schauen ihn die Altvorderen an und alle, die nachher sind bis ins vierte und fünfte Glied. Der Sohn ist ihm verliehen als ein Pfand, will ich einmal sagen, daß er es der Welt zurückgeben soll, wenn die Zeit reif ist. Weh dem, der mit leeren Händen kommt und sprechen muß: Ich hab's verwirkt.«

Er schaute starr in die Luft, erhob sich vom Stuhl und wiederholte laut: »Ich hab's verwirkt.« Dann setzte er sich wieder.

Ich wagte nicht die Versunkenheit zu stören, in die er fiel. Auch suchte ich in meinen Gedanken einen Weg, der weiterführte. Von Minute zu Minute war ich meiner Sache sicherer geworden, aber ich hatte Furcht. Eine solche Sicherheit war in mir, daß Vorgänge, die sich bis jetzt auf bloße Vermutungen und Kombinationen gestützt hatten, die Leuchtkraft des Erlebten gewannen, und in einer seherischen Glut fügte sich Bild an Bild. Zweifellos trug hierzu das Fluidum des Menschen bei, der mir gegenübersaß, und daher auch die Furcht. Ich habe trotz einer langen Laufbahn als ausübender Jurist und Richter, oder vielleicht durch sie, die Übertragbarkeit und außerordentlichen Seelenzustände zu oft erfahren, um sie hier zu leugnen, wo ich plötzlich eine Fähigkeit zu entfalten vermochte, die ihr entwuchs. Es war etwas Grandioses um den Mann; seines

Geheimnisses mich zu bemächtigen dünkte mich fast uner-
laubt; ich zauderte; ich fand das Wort nicht; schließlich
aber unterbrach ich das tiefe Schweigen, beugte mich weit
über den Tisch und fragte: »Sie sind in die Kammer
hinübergegangen, um ein Ende zu machen?«

Er antwortete nicht. Die aufeinandergepreßten Lippen
schienen sich der Rede wieder verweigern zu wollen. Doch
für mich barst diese hartnäckige Stirn; sie öffnete sich wie
ein Buch, und ich konnte in dem Raum dahinter lesen. »Sie
waren zweimal in der Kammer«, sagte ich plötzlich aufs
Geratewohl, oder vielleicht ist das falsch: aufs Geratewohl,
vielleicht geschah es unter der brennenden Eingebung und
Vision des Augenblicks; »zweimal; als Sie sie das erstemal
verließen, lebte Simon noch. Als Sie das zweitemal
hineingingen, lag er schon als Leiche auf dem Bett.«

Ich hatte nie gedacht, daß das Gesicht dieses Bauern, das
von Natur braun war wie gebeiztes Holz, so weiß werden
könne. Das Weiße quoll förmlich aus den Poren heraus und
überzog die Haut mit einem Schimmer wie von nassem
Kalk. Er stierte mich mit weiten Augen an, seine Backen
schlotterten, und mit beiden Händen griff er an den Hals.
Nun gab es keine Unschlüssigkeit mehr für mich; ich
zwang mich zu angemessener Ruhe und fuhr fort: »Sie sind
zu ihm gegangen, um ihm Geld zu bringen. Sie hatten an
dem Sonntag kein Geld im Hause und liehen sich unmittelbar nach Tisch zweitausend Mark von ihrem Nachbarn
Stephan Buchner aus. Ist es nicht so? Das Geld sollte dazu
dienen, daß sich Simon auf der Stelle davonmachte. Er sollte nach einer Hafenstadt, am selben Abend noch, und von
dort nach Amerika. Ist es nicht so? Sie boten ihm das Geld,
Sie entwickelten ihm Ihren Plan, und Sie erwarteten, daß er
ohne Zögern gehorchen würde. Aber er gehorchte nicht nur
nicht, sondern er schlug auch das Geld aus. Sie fragten ihn,
da begann er zu sprechen. Zuerst war, was er vorbrachte,
wirr und faselnd, denn er war noch benebelt von dem

Trinkgelage, dann aber wurde seine Rede klar, Ihnen jedenfalls furchtbar klar. Sie standen vor ihm und schwiegen. Sie nahmen nicht einmal Anstoß daran, daß er auf der Bettstatt liegen blieb und in die Luft hinein sprach; denn Sie fühlten, daß er nicht den Mut gehabt hätte zu sprechen, wenn er Ihnen ins Gesicht hätte schauen müssen. Sie haben zugehört, nur zugehört, und aus dem Zuhören entstand alles übrige. Verhält es sich so oder nicht?«

Urbas ließ den angstvollen Blick nicht eine Sekunde lang von mir. »Da müssen Sie wohl als ein verzauberter Geist im Hause gewesen sein«, stammelte er verstört.

»Nein«, erwiderte ich; »es sind einfache Schlußfolgerungen aus Tatsachen. Die unscheinbarsten Tatsachen hinterlassen oft die eindringlichsten Spuren. Denken Sie nicht an Zauberei und Blendwerk. Eines Menschen Tun und Treiben wirkt nach allen Richtungen hin mit sonderbarer Gesetzmäßigkeit. Es ist, als schleudre man einen Stein ins Wasser; die Ringe breiten sich aus und vergehen, aber die Bewegung kann noch gemessen werden, auch wo das Auge längst nichts mehr gewahrt. In dem Betracht kann wirklich keiner entrinnen; jeder Schritt nach jeder Seite, was er mit dem Finger faßt und mit dem Atem behaucht, knüpft ihn fester in das Netz. Ich besitze eine Zeugenschaft, der ich anfangs wenig Wert beilegte; im Lauf der Zeit erst begriff ich ihre Wichtigkeit. Es gibt da einen Eichstädter Maler namens Kießling, Freund und Zechkumpan von Simon; ein verbummelter Kerl, eine verkommene Existenz; aber nicht ohne derbe Aufrichtigkeit. Der wußte mancherlei zu erzählen. Wie Sie sich erinnern werden, verschwand im vorigen Winter in Ihrem Haus eine von den alten, schönen Porzellankannen. Sie, wie auch die Bäuerin, dachten nicht anders, als daß Simon sie sich angeeignet und beim Händler in der Stadt verklopft habe, denn es war ein wertvolles Stück; die Bäuerin äußerte sogar den Verdacht, Kießling habe bei dem Diebstahl seine Hand als Hehler im Spiel. Daß Simon die

Kanne genommen, ist richtig; ebenso, daß Kießling daran interessiert war; er hätte wohl den Beuteanteil nicht verschmäht, wenn er es auch jetzt in Abrede stellt. Aber so weit kam es gar nicht. Simon zertrümmerte die Kanne vor den Augen seines Freundes. Sie waren in dessen Bude beisammen, drüben an der Pleinfeider Chaussee; Simon hatte die Kanne gebracht, Kießling nahm sie, beschaute sie, prüfte sie und wollte eben seine Anerkennung kundgeben, als Simon sie ihm wieder entriß und mit aller Kraft gegen den Fußboden schmetterte, wo sie natürlich in hundert Scherben zerbrach. Der andere machte ihm zornige Vorwürfe, aber Simon, nachdem er eine Weile finster vor sich hingebrütet, rief plötzlich aus: Ich möcht ihm einmal einen rechten Tort antun, so daß er's spürt bis in die Eingeweide hinein. Kießling wußte nicht gleich, auf wen der Ausbruch gemünzt war; seine Bekanntschaft mit Simon war damals noch neu; später wurde ihm dann die Sache klar. Er sagte, er habe nie einen jungen Menschen gesehen, der einen solchen Haß gegen seinen Vater gehegt hätte. Von Zeit zu Zeit wiederholten sich die Anfälle, ähnlich jenem ersten; eine ohnmächtige Erbitterung kam über ihn, ein Trieb, zu zerstören; zu anderer Zeit wieder war es eine krankhafte Freudlosigkeit, ein melancholisches Hindämmern und stilles Glosen. Oft schien es nicht Haß zu sein, sondern Furcht; oft nicht Furcht, sondern etwas viel Unergründlicheres. Eine Äußerung, die auch von dritten Personen bezeugt ist, war die: Möcht ihm einmal alles ins Gesicht sagen können, dann würde mir wohl. Was konnte er damit gemeint haben? Abgesehen von Kießling, schildern ihn auch sonst Leute, die ihn kannten, nicht als schlecht; es sind meist Leute, denen man ein unbefangenes Urteil zutrauen darf. Sie bezeichnen ihn als schwachen, leicht verführbaren Charakter, als einen Menschen ohne Verwurzelung gleichsam; ausschweifend wie einer, der sich betäuben will, arbeitsscheu wie einer, der fortwährend auf der Flucht ist und verfolgt wird, lasterhaft aus innerer Öde, aber keineswegs schlecht. So beurteile auch ich ihn jetzt. Aber von wem fühlte er sich eigentlich verfolgt? Wem hat er getrotzt? Was war zu betäuben? Ich glaube, wir beide, Urbas, wir wissen es. Wenn auch die ganze Welt darüber sich den Kopf zerbricht, wir wissen es. Bis zu jenem Abend in der Kammer haben Sie es nicht gewußt. Dort haben Sie es erfahren.«

Er atmete auf; sein Gesicht zuckte wie von inneren Stößen; er schien etwas sagen zu wollen, aber er vermochte es nicht. Doch die Lichter und Schatten in diesem kantigen, kraftvoll bewegten und wahrhaftigen Antlitz hatten ihre eigene Beredsamkeit; das düstere Staunen, der fast abergläubische Schrecken über die plötzliche Enthüllung dessen, was er für sein unantastbares, ewig verwahrtes Geheimnis gehalten, war von ihm gewichen, aber da er das Geheimnis nicht mehr zu schützen hatte, war auch das Gemüt der schweren Last entledigt; daher dies tiefe Aufatmen, das mich bewegte. Ich fand mich verpflichtet, ihm noch über die letzten Hemmnisse zu helfen, und ich sagte: »Erwägt man es genau, so sind die Menschen weit übler daran als die Tiere. Die Tiere können einander nicht mißverstehen. Die Menschen mißverstehen einander im Blut wie im Geist; der Bruder den Bruder, der Freund den Freund, der Vater den Sohn. Jeder steckt in seinem Mißverstehen wie in einem schwarzen Kellerloch, aber eine wunderliche Verblendung macht, daß er es für eine hellerleuchtete Wohnstube hält. Und wenn er meint, daß der Herrgott selber sich um ihn bemüht und ihn zu seinem Sprachrohr auserwählt, so zeigt sich's am Ende, daß es bloß der Teufel war. Dreizehn Jahre lang war Ihr ganzes Trachten auf einen Sohn gerichtet, und wie er dann da war, haben Sie achtzehn Jahre lang gebraucht, um dahinterzukommen, was es mit ihm für eine Bewandtnis hatte; und da war's zu spät. Ist's also nicht kläglich bestellt um die menschliche Vernunft und Weisheit? Wozu noch fernerhin sich verstecken, Urbas? Welchen Zweck soll es haben, sich eines Verbrechens anzuschuldigen, das Sie nicht begangen haben? Sich Mörder zu nennen an dem, der sich se,lbst den letzten Weg gewiesen hat? Wozu das frevle Spiel mit der irdischen Gerechtigkeit? Wozu, Mann, wozu?«

»Das will ich Ihnen einbekennen, wozu«, sagte Urbas, »weil nun meine Partie doch ganz und gar verloren ist. Ich will es Ihnen einbekennen, aber haben Sie Geduld mit mir; es fällt mir schwer.« Seine Blicke suchten innen; seine Finger bewegten sich, als suchten auch sie: das einschränkendste und unbedingteste Wort, die verläßlichste Übermittlung. Er begann stockend: »Es ist wahr, ich bin hinüber zu ihm, um ihm das Geld zu geben. An Amerika hab ich nicht gedacht; nur möglichst schnell fort mit ihm, dacht ich, und möglichst weit, damit einem wenigstens der Gendarm im Haus erspart wird. Ich bin hinübergegangen, und weil's finster in der Kammer war, hab ich erst die Kerze anzünden müssen, und da ist er auf seinem Bett gelegen und hat mich angeschaut. Es ist wahr, er hat das Geld nicht genommen; er hat das Gesicht zur Wand gedreht und die Zähne geknirscht und gesagt, ihm könne das nicht mehr nützen. Ich bin vor der Bettstatt gestanden und spreche zu ihm: Steh auf, wenn dein Vater vor dir steht. Da dreht er das Gesicht wieder zu mir, und weil eitel Spott und Hohn drin geschrieben ist, schwillt mir der Zorn, und ich sage: Steh auf, wenn dein Vater vor dir steht. Er aber spricht: Warum soll ich denn aufstehen, da Ihr mich niedergeworfen habt? Die Fäuste ballen sich mir wie von selber, und ich frage: Wie denn? Wie soll ich dich denn niedergeworfen haben, du Luder? Da kommt es aus seinem Mund hervor: Ihr. Weiter nichts. Ihr, sagt er. Ich blick ihn an, und er blickt mich an, und eine Zeit vergeht so, dann wieder: Ihr. Darin war soviel Gift und Wut und Geifer und solch ein verkrampftes, rabenböses Grollen, daß mir der Speichel im Munde bitter wird. Was denn, Ihr, ruf ich ihn an, was denn, Ihr? – O Ihr, spricht er hinter den Zähnen hervor, Ihr seid mir auf der Brust gehockt, mein Lebenlang. Da schwieg ich. Ihr habt gut vor mir stehn und blitzen mit Euren Augen, fährt er fort; soll denn das nicht endlich aufhören, daß Ihr mich anschaut mit Euren Augen? So ist's immer mit Euch gewesen; anschaun, anschaun, und kein Wort. Hinterm Tische sitzen und alles von einem wissen, und kein Wort. Weit habt Ihr mich gebracht mit Eurem Anschaun und Anschaun. Warum habt Ihr mich nicht genommen und zu mir geredet? Niemals ein einziges Wort geredet? Da *muß* einen ja die Verzweiflung packen. Wie soll er denn da nicht zu den Menschern und zu den Saufbrüdern laufen? Die reden doch, die lachen doch, die haben doch ein gutes Wort für einen, die sagen Hü und Hott, und man weiß, wie man mit ihnen dran ist. Ihr aber, hab ich gewußt, wie ich mit Euch dran bin? Er liegt wieder auf der Lauer, dacht' ich; er hat was gegen dich vor, dacht' ich. Ein Büblein war ich noch, ist mir schon der Bissen im Hals steckengeblieben, wenn Ihr zur Tür hereingetreten seid. Hundertmal und hundertmal hab ich zu Euch hingewollt, aber die Angst vor Euch hat mir's verwehrt. Was hab ich denn verbrochen, dacht« ich, und wie ich dann was angestellt, war mir wohl und hab wenigstens gewußt, warum, und so hat mir's nie Ruh gelassen, bis ich nicht was Heilloses getan und den Leuten die Galle aufgeregt. Ja, ich bin schlecht, aber ich weiß nicht, ob ich's von Geburt bin; ja, ich bin zum Lumpenkerl geworden, aber Ihr braucht Euch deshalb nicht wie der Heilige Geist vor mir aufzupflanzen, sondern solltet nachprüfen, was Ihr an mir gefehlt habt. Denn es hätte sein können, daß ich Euch hochgeehrt hätte, wie's in den Zehn Geboten steht, und kirre gewesen wäre wie ein Star. Das hätte sein können, weil's in mir war und bloß herausgetrieben worden ist. Bin ein Hundsfott geworden, und das Leben ist mir leid, und die Menscher und die Saufbrüder sind mir leid, und es freut mich nicht mehr. Dieses spricht er und noch einiges, ich hab's vergessen, und wälzt sich auf der Bettstatt und knirscht mit den Zähnen und flennt und lacht ingrimmig und kehrt sich wieder zur Wand und schweigt. Ich denke mir: Urbas, die Seele da ist hin, aber deine vielleicht auch. Worte hatt' ich keine. Es war eben so; was hätt's gefruchtet, meinen Schöpfer anzuwinseln? Worte hatt' ich keine. Ich geh hinaus. Im Hofe schreit ich bis zum Zaun. Es ist alles so friedlich wie in Frühjahrsnächten, wenn die Wurzeln in der Erde ihren Saft spinnen. Ich schaue zu den Sternen hinauf, aber das kann mir nicht dienen. Ich mache die Stalltür auf und schnuppre die saure, warme Luft, und einer von den Ochsen hebt den Kopf, indes er mit den Zähnen mahlt. Da überläuft's mich schauerlich, und ich denke: Du mußt zurück in die Kammer, und wenn du gleich keine Worte findest, irgendwas muß sein. Nun bin ich zurückgegangen, und wie ich eingetreten war, ist er bereits in seinem Blut gelegen. Da bin ich dann eine lange Weile gestanden, dann hab ich mir gesagt: Wenn dem so ist, so bist du der Mörder; hat er die Schuld bei dir gut, so mußt du sie bezahlen. Das ist es, was ich einzubekennen habe.«

Er kreuzte beide Hände über der offenen Bibel, und mit leiserer Stimme und sonderbar umschattetem Blick fuhr er fort: »Ich habe einen Traum gehabt, den will ich Ihnen noch erzählen. Es war in der Nacht, bevor sich das ereignet hat. Der Knecht tritt in die Stube und spricht: Bauer, die Gäule sind eingeschirrt, wir wollen fahren. Ich geh hinaus, es liegt tiefer Schnee, die Pferde stehn am Wagen, und ich fahre. Mit eins verlieren wir die Straße, und die Gäule waten im Schnee bis an den Bauch. Da seh ich auf einmal den Hof hinter mir brennen, und das Schneefeld ist rot beschienen. Die Gäule fangen an zu laufen und ziehn mich an der Leine mit, daß mir der Atem ausgeht. Ich kann die Leine nicht loslassen, sie ist um die Hand herumgeschlungen, und wie wir gegen die Altmühl herunterkommen, dort bei der Eisenbahnbrücke, wo das Wasser sechzig Ellen breit ist und mehr als zehn tief, da rennen die Gäule noch toller, und die Brandlohe bedeckt den ganzen Himmel. Der Fluß ist zugefroren, die Gäule drauf zu, und ich denke mir in meiner Angst: Wird's die Pferde samt dem Fuhrwerk tragen? Die

Gäule, schwere Akkergäule, sausen das Ufer hinunter, aber das Eis hält. Da steht der Simon am andern Ufer, und weil die Tiere auf der gefrorenen Bahn weiterrennen, schrei ich zu ihm hinüber: Hilf, Simon. Und er: Ich muß heimgehen, der Stall brennt, das Haus brennt. Und ich, ich kann mich nicht auf den Wagen schwingen, die Gäule schleifen mich bereits, schrei in der höchsten Not: Hilf, Simon, lös mich vom Riemen los. Und er: Müßt Euch selber vom Riemen lösen, uns zweie trägt das Eis nicht. Da ruf ich ihm zu: Alles ist dein, die Gäule und das Fuhrwerk, hilf um Gottes willen. Nun kehrt er um, und wie er umkehrt, stehen die Gäule still; aber wie er den ersten Schritt tut, kracht das Eis, und wie er das hantige Pferd am Zügel faßt, bricht das Eis, und Fuhrwerk und Gäule und ich samt dem Simon versinken im Wasser. Und im Versinken bin ich aufgewacht.«

Er verstummte. Er erwartete keine Einrede mehr, ich hatte auch keine mehr. Mit Erstaunen beobachtete ich, wie sein Aussehen im Verlauf weniger Minuten um Jahre älter wurde, das Kinn spitz, die Augen stumpf, der Hals dünn, die Hände welk, die Haltung kraftlos. Der fordernde, hadernde, gewaltige Mann, der mir gegenübergesessen, war auf einmal ein hinfälliger Greis. Als ich mich verabschiedete, sah er nicht empor, schien es kaum zu merken. Das Schweigen, in das sein ganzes früheres Leben eingehüllt gewesen, breitete sich wieder über ihn, undurchdringlich und in den Tod fließend. Denn am ändern Morgen, wo er enthaftet werden sollte, fand ihn der Wärter am Fensterkreuz erhängt.

www.ingramcontent.com/pod-product-compliance
Lightning Source LLC
Chambersburg PA
CBHW051129260626
47170CB00005B/1731

* 9 7 8 1 4 7 1 6 4 9 6 9 1 *